「物語」の魅せ方入門
9つのレシピ

円山夢久

はじめに

お待たせしました。「物語」シリーズ第3弾、『「物語」の魅せ方入門　9つのレシピ』をお届けします。

料理にたとえれば、「魚のさばき方」や「お出汁のとり方」のような基礎的なテクニックを解説した『「物語」のつくり方入門　7つのレッスン』。

「カレー」や「味噌汁」のような、なじみ深く、誰もが好むメニューの作り方をご紹介した『「物語」の組み立て方入門　5つのテンプレート』。

これらに続く本書では、いよいよ本格的なバリエーションの増やし方についてご説明します。

同じカレーでも、具材を変えればチキンカレーやビーフカレー、ソースを変えればホワイトシチューやビーフシチューになります、というお話は、前著『5つのテンプレート』でお伝えしたとおりです。

本書では、そのアレンジをさらに推し進め、調理法を変えることでドライカレーを作ったり、スパイスとして使うことでカレー風味のドレッシングにしたり、と、バラエティに富んだあなただけのレシピを作る方法を学びましょう。

今回、教材として使うのは、昔話の「桃太郎」です。誰もがよく知る桃太郎の物語が、登場人物や話の骨格はそのままに、さまざまなアレンジを加えることで、どのように雰囲気を変え、読後感まで変わるのか、ぜひ、ご自身で実習パートをやってみることで体感してください。

あなたが、あなたの一番書きたいお話を書くために、本書が少しでもお役に立てば幸いです。

はじめに 002

目次 004

RECIPE・1
「書きたいのに書けない」のはなぜ？ 011
「書けない」ときの3つの理由

RECIPE・2
「どう書いていいかわからない」ときの処方箋 027
あなたの「わからない」はどのタイプ？
どこから始めていいかわからない
次に何を書けばいいかわからない
アイディア100
自分が知らないことを、どう書いていいかわからない

RECIPE・3
バリエーションを増やす 047
ストーリーラインは同じでも……

時代と場所
実習1
アイディア100
実習2
アイディア100
所変われば品変わる
実習3
応用実習
作品例・1　現代の東京・虎ノ門を舞台にした桃太郎
作品例・2　白亜紀後期の地球・北米大陸を舞台にした桃太郎

RECIPE・4

文体を変えてバリエーションを増やす

067

文体とは何か
言葉の選び方
抽象的な言葉←→具体的な言葉
和語←→漢語
名詞・熟語←→独立した文
文体を意図的に変えてみる
実習4
作品例・3　イソップ童話①
作品例・4　イソップ童話②

RECIPE・5
キャラクターを変えてバリエーションを増やす 085
人が変われば話も変わる
自分から進んで行動するか／しないか
積極的に他者と関わるか／関わらないか
キャラクターのマトリクス
キャラクターの性格を変えてみる
実習5
作品例・5　ヘンゼルとグレーテル①
作品例・6　ヘンゼルとグレーテル②

RECIPE・6
ジャンルを変えてバリエーションを増やす①　～職業もの～ 101
もし桃太郎の結末がソーリーエンドだったら?
ジャンルのいろいろ
職業もの　～もし、桃太郎の職業が××だったら?～
アイディア100
実習6
作品例・7　パティシエ・桃太郎
作品例・8　タクシードライバー桃太郎

RECIPE・7
ジャンルを変えてバリエーションを増やす②　～ホラー～　121
読者はなぜ怖がるのか？
実習7
作品例・9　鬼の子・桃太郎
作品例・10　英雄伝説
怖さのディテールを考える
怖さを身近に感じさせる

RECIPE・8
視点を変えてバリエーションを増やす　147
視点と距離　～その1・俯瞰視点～
視点と距離　～その2・ビハインドビュー～
視点と距離　～その3・一人称～
直接視点と間接視点
見方を変えれば話も変わる
実習8
作品例・11　シロの物語
作品例・12　禁忌の島

RECIPE・9
伏線の張り方・使い方 171
伏線とは何か
準備の伏線　原因-結果をわかりやすく
意外性の伏線　さりげなく仕込む
サスペンスの伏線　状況と感情の両方からつくる
メッセージやテーマの伏線　繰り返し提示することで印象づける
実習9
作品例・13　意外性の伏線
作品例・14　メッセージやテーマの伏線

SPECIAL RECIPE
「書ける」モードを作る10の秘薬 193
「とりあえず触る」だけでいい
努力を時間で測らない
今日の天気をチェックする
体感ストレスを減らす
マンネリ化した脳を刺激する
名人の文章をトレースする
「あと5分」と決めて粘る

「できたこと」を可視化する
大事なのは、少しでも前に進むこと
「自分にご褒美」の正しいやり方

おわりに 222

＊本書は、円山が文章塾やカルチャーセンターで講義した内容を抜粋し、まとめたものです。
本文中に引用した作品の著作権は、すべて提供者に帰属します。

RECIPE 1

「書きたいのに書けない」のはなぜ？

「書きたいのに、書けない」――。

書き始めたばかりの初心者はもちろん、デビューして何年も経つ作家にも、こういうことはちょくちょく起こります。

かくいう私も、真っ白な原稿を前に、1行も書けないまま何時間も座り続ける、ということが何度もありました。

この非生産的な時間を、何とかゼロにできないものか？

まずはその原因をつきとめることから始めましょう。

「書けない」ときの3つの理由

「書けない」理由は、大きく分けて3つあります。

A　何を書いていいかわからない

B　どう書いていいかわからない

C　書く気になれない・気力が湧かない

このうち**C**の「書く気になれない・気力が湧かない」については、**A**、**B**のどちらか、あるいは両方が解決することで自然消滅することがあります。それでもダメだったときの対策については、巻末の**SPECIAL RECIPE**で解説しますので、ここではひとまず割愛します。

というわけで、**A**の**何を書いていいかわからない**ですが、これは、たとえていえば、夕飯のメニューを何にするか、まったく決めていない状態です。

カレーならカレー、焼き魚なら焼き魚と決めてしまえば、必要な食材も調理器具も、作り方も見えてきますよね？

決めたはいいが作り方がわからない、ということなら、これは**B**の**どう書いていいかわからない**ですから、次の章をご覧ください。

話を元に戻しましょう。

何を書いていいかわからない状況を、夕飯のメニューにたとえて考えていきます。

「夕飯は何にしようかな？」

と思ったとき、皆さんはどうやって決めますか？

「冷蔵庫の中を見て、残っている食材で作れそうなものを考える」

「とりあえずスーパーに行ってみて、目についた食材からメニューを組み立てる」

「何となく、『今、何が食べたいかな?』って、気分やお腹と相談して決める」

そうですね。挙げていただいたどの方法でも、夕飯のメニューは決められます。お話作りも同じです。

まず、**冷蔵庫の中を見て、残っている食材(=手持ちの素材)で作れそうなものを考える。**この方法を試してみましょう。

ここでいう「冷蔵庫の中」とは、あなたの頭の中にあたります。これまで読んで面白かったお話や、記憶に残る名場面や名セリフ。あるいは、あなた自身がふと思いついた断片的なシーンやアイディアなど、あなたの中には、すでに、多くの「お話のタネ」が眠っています。

まずは、それらを目に見える形にするところから始めましょう。

具体的には、紙でもパソコンでもいいので、そうした断片的なイメージを言葉にして書いてみるのです。

これまで様々な教室で、大勢の生徒さんを見てきて気づいたことですが、どうも、**「書けない」「できない」と口にする生徒さんほど、アウトプットを面倒くさがる**傾向があるようです。

「わざわざカタチにしなくても、頭の中にちゃんとあるから大丈夫」

と思っていらっしゃるのかもしれませんが、

「では、それを口に出して説明してみてください」

とお願いすると、

「え……っと――……」

と詰まってしまう。

別に、恥ずかしいことではありません。頭の中にあるうちは、壮大な物語のはずだったのに、いざ口に出してみたら、たった1行で終わってしまった。あるいは、素晴らしいアイディアだと思ったものが、いざ文章にしてみたら、想像以上につまらなかった――なんて、プロでもしょっちゅうあることです。

なので、現状を正しく把握するためにも、手持ちの材料は、必ず文字にして書き出しましょう。この段階でスイッチが入って、芋づる式にアイディアが出てくればしめたもの。この本はとりあえず脇に置いて、ご自分の作品を書き始めてください。

それでは、ちょっと試してみましょうか。

少し時間を差し上げますので、今、あなたが漠然と思い浮かべている「こんなお話／こんな設定／こんなキャラクターを書いてみたい」というのを、書けるだけ書いてみてください。メモ書き程度で結構です。断片は断片のまま、無理につなげようとしないでください。いいですか？　用意――スタート！

……できましたか？

はい。では、どなたか、書いたものを見せてください。

例　犯人はAと思わせておいて、実はB、C、Dの全員がグルだった。

なるほど。これは推理小説のネタみたいに見えますが……？

「はい。何となくですが、どこかの屋敷にあやしい男女が集まって、ひとりずつ殺されていくんだけども、犯人が誰かわからない。でも状況からして、殺した奴は必ずこの中にいる……みたいなのが書きたいなと思って。でも、何で屋敷に集まったのか、どんなふうに殺されていくのかとか、そういう細かいところが全然決まらなくて困ってます」

わかりました。この話の場合、主人公は犯人を捜す人ですか？　それとも犯人側、つまり、B、C、Dのうちの誰かですか？

「えーっと、B、C、Dの誰かではないです。たまたま、その屋敷に来合わせた関係者以外の誰か、みたいにして、その人の目の前で事件が起きる、みたいにしたら面白いかなあ、と」

つまり、犯人を捜す側？

「うーん……。そこまで探偵っぽいというか、犯人捜しに積極的ではないですね。たまたま居合わせた場所で事件が起きて、それを目撃してしまった、みたいな」

ということは、このお話の内容を文章にすると、

ある屋敷にたまたま居合わせた主人公が、殺人事件を目撃する。犯人は最初、Aだと思われたが、実はB、C、Dの全員がグルだったことがわかる。

こんな感じですか？

「そうですね。そんなふうになるかと思います」

わかりました。では、この文章をもう少し肉づけしてみましょう。次に挙げる項目を考えて追加してみてください。

1．いつの時代・どこの場所を舞台にした物語ですか？

たとえばひと口に「過去」といっても、石器時代から「ついさっき」まで、ずいぶん幅がありますよね？「ヨーロッパ中世」は、一般的には5世紀から15世紀までの千年にも及ぶ期間をさしますし、日本でも「江戸時代」は265年も続いています。

歴史小説でもないかぎり、西暦や元号まで細かく設定する必要はありませんが、今の世界と地続きの過去を舞台にするなら、せめて「大正時代」とか「1900年代」程度までは絞っておいたほうが、細かい部分をイメージしやすくなります。

お話の舞台となる場所、例では「ある屋敷」ですが、これが平安時代の京都にある右大臣の屋敷なのか、ルイ14世時代のベルサイユ宮殿なのか、はたまた遠い未来、火星のドーム都市に建造された屋敷なのかで、お話の雰囲気はまったく違ったものになるでしょう。

2．主人公はどんな人ですか？

今の段階では「屋敷にたまたま居合わせた誰か」というだけで、年齢も性別も職業も決まっていない状態ですね。1で挙げた「いつ・どこで」同様、これも設定次第でお話の雰囲気はずいぶん変わります。

たとえば、このプロットで、屋敷にたまたま居合わせた主人公が、小学校に上がったばかりの女の子だった場合と、若いころは敏腕刑事だった60代の男だった場合では、犯人側の反応はまったく違ってきますよね。あるいは、妙齢の美女にするか、ふた目と見られぬ醜い容貌の持ち主とするか、人好きのする好青年にするか、偏屈な老人にするかでも、展開は変わってくるはずです。

3．主人公が何をするお話ですか？

この項目については、すでに「主人公がたまたま居合わせた屋敷で殺人事件を目撃し、最終的に犯人がわかる」話である、ということがわかっています。つまり、作中で主人公がすることは、「殺人事件を目撃する」「犯人がわかる」の2点です。

このうち、前者の「殺人事件を目撃する」はいいとして、後者の「犯人がわかる」についてては、この後の「なぜ」と「どのように」の項目で、もう少し補強しておいたほうがいいでしょう。

4．主人公は、なぜこのような行動をするのですか?

このお話では、主人公は、積極的に犯人捜しをするのではない、ということでした。とはいえ、自分が居合わせた屋敷で殺人事件が起きれば、普通の人なら「誰がやったんだろう」「なぜこんな事件が起きたのだろう」と疑問に思うはずです。また、状況によっては「自分も殺されるかもしれない」と危機感を抱くケースもあるかもしれません。

にもかかわらず、積極的に犯人を捜そうとしないのであれば、そこにはそれ相応の理由が必要となってきます。たとえばですが、この屋敷には他に探偵役をつとめる人物がいて、主人公はその人物のワトソン的な立場であるとか、そもそも、最初は殺人ではなく事故だということで、関係者全員が納得していた、とかですね。

5．主人公は、どのように行動するのですか?

このお話では、最終的に「B、C、Dの全員がグルだった」とわかるわけですが、今の段階では、どうして主人公にそのことがわかるのか、その部分がすっぽり抜けています。積極的に犯人捜しをしないまでも、何かしらの出来事を目撃するなり、誰かから話を聞くなりして、真犯人にたどり着くわけですから、その過程――主人公が目撃する出来事や、誰の話からヒントを得るのか、など――を考えていけば、このお話は少しずつできあがっていくはずです。

以上、**冷蔵庫の中を見て、残っている食材（＝手持ちの素材）で作れそうなものを考える。**という手順を、例を挙げてご説明しました。

ここまでの手順をまとめると、次のようになります。

1　現時点で自分の頭の中にある「なんとなく、こんな感じの話が書いてみたい」というイメージ、人物、セリフ、場面、ストーリーの断片などをすべて書き出す。

2　次に挙げる項目を元に、1で書き出したストーリーの断片を肉付けしていく。

(ア)その物語の舞台＝「いつ（時代）」・「どこで（場所）」は？
(イ)主人公の年齢・職業・性別は？
(ウ)主人公が何をする話ですか？
(エ)主人公は、なぜそのような行動をするのですか？
(オ)主人公は、どのように行動するのですか？

この方法は簡略版ですが、拙著『「物語」のつくり方入門 7つのレッスン』の「はじめに」にはもう少し詳しいバージョンを載せました。ご興味がおありの方は、そちらも参照してみてください。

続いて、**とりあえずスーパーに行ってみて、目についた食材で決める。**という方法を試してみましょう。

ここでいう「スーパー」とは、書店や図書館、映画館など、外の世界で物語に触れることのできる場所です。食べたいものが何もなくても、スーパーのお惣菜売り場をうろついたり、いい匂いのするパン屋さんの前を通りかかったりすれば、自然と食欲がわいてきますよね？　あれと同じことをするわけです。

気分転換を兼ねて、大型書店やＤＶＤのレンタルショップをうろついてみる。あるいは、ネット書店であなたにお勧めされている本や漫画を読んでみるなど、外部の刺激に触れることで、「こんな話が書いてみたい」という気持ちに火がつくことがあります。その気持ちが冷めないうちに、「どんな話が書きたいのか」を、すかさずメモしておきましょう。断片的に思いついた場面や台詞があれば、それも記録しておきます。

そのまま書き始められそうなら、気持ちが乗っているうちに、書けるところまで書いてしまえばいいですし、途中で詰まってしまったら、また外の刺激に触れる作業に戻ります。

「すみません、ちょっといいですか？」

はい、何でしょう。

「私、よくそういうことをするんですけど、他人が書いた作品を読んでいるうちに、そっちのほうが面白くなって、のめりこんでずっと読んじゃったり、『自分にはとてもこんなすごい作品は書けない！』ってヘコんじゃったりして、結局書けないことが多いんですけど……」

はい、書き手あるあるですね（笑）。

アウトプットが滞るときというのは、しばしばインプットが足りていないことが多いものです。何日も絶食しているのに、無理やり運動しようとするようなもので、いわば、心がガス欠状態になっているんですね。そんなときに無理に書こうとしても、作業自体が苦痛ですし、長く書き続けることもできません。

こんな状態に陥ってしまったら、思い切って**インプットに徹しましょう。**他の人の作品を読んでいるうちに、「いいなあ、こんな作品を自分でも書いてみたいなあ」と思ったときがあなたの書き時です。

最後に、**何となく、『今、何が食べたい＝書きたいかな？』と考える**方法についてお話ししましょう。

これをやるときのコツは、必ず**メニュー名を出す**ことです。夕飯を作るときのことを考えてください。

「なんとなくおいしい物」

では何を作ればいいかわかりません。

「湯豆腐」

「カレーライス」

なら明確です。同じように、

「なんとなく面白い話」

では、何を書いていいかわかりません。

「『ロミオとジュリエット』みたいな悲恋もの」

「『シャーロック・ホームズ』みたいな探偵もの」

なら明確です。

「いや、そもそも、それが思いつけないから困ってるんですけど……」

そうですね。そのような方は、前項の**とりあえずスーパーに行ってみて、目についた食材で決める**方法を試してみたり、これまでに読んだり観たりした本や漫画、映画やドラマの中からお気に入りの作品をリストアップしたりして、自分の中に眠っている火種に点火しましょう。

お気に入りの作品をリストアップするやり方は、『「物語」のつくり方入門 7つのレッスン』の中の「あなたの『起爆剤』

『「物語」のつくり方入門 7つのレッスン』
雷鳥社

を見つける」という章で詳しくご説明しました。やってみたい方は、ぜひ試してみてください。

というわけで、次章では、Bの**どう書いていいかわからない**ときの考え方をご紹介したいと思います。

RECIPE

2

「どう書いていいかわからない」ときの処方箋

書きたいお話は決まっているのに、どう書いていいかわからない――。
この章では、そういったケースを取り上げて解説していきたいと思います。

あなたの「わからない」はどのタイプ？

ひと口に「どう書いていいかわからない」といっても、その内容はさまざまです。ちょっと、生徒さんたちの声を聞いてみましょう。

Aさん「そうですね。**どこから始めていいかわからない**っていうか。たとえば、今書いてみたいのはラブストーリーなんですけど、最初のページでいきなり2人が出会うのがいいのか、もうつき合っていて、2人の仲が何となく危ない感じになってきたところから始めればいいのかわからなくて詰まってます」

Bさん「自分の場合、毎回、途中まではいい感じで進んでいくんですけど、途中でネタ切れっていうか、**次に何を書けばいいのかわからなくなって**止まってしまうことがよくあります」

Cさん「知らないことにぶち当たった時ですかね。たとえば、推理小説なんか書こうとして、犯人が毒薬とかね、我々が普通には使わない、目にしないようなものを使うとしますでしょう。**自分が知らない物事は、どう書けばいいかわからない。**そこでもう、パタッと止まってしまうわけです」

ありがとうございました。Aさんはお話の冒頭で、BさんとCさんは途中でわからないことが出てくるわけですね。それでは、順に見ていきましょう。

どこから始めていいかわからない

まずAさんのケースです。書きたいものは、「ラブストーリー」と決まっているが、どこから始めていいかわからない。もう少し詳しく聞いてみましょう。

お書きになりたいのは「ラブストーリー」とのことですが、これだけでは、まだぼんやりしています。料理でいえば、「スープを作る」と決めたくらいの大ざっぱ加減ですね。具は何を使って（＝どんな登場人物で）、どんな味付けにするのか（＝どのようなテイスト、どのようなストーリーにするのか）、もう少しはっきりさせましょう。

Aさん、いかがですか？　そのあたりはもう決まっていますか？

「そうですね。一応、現代の日本が舞台で、そろそろ結婚したいと思っている30歳くらいの女性が主人公なんですけど、今つきあってる彼とはあまりうまくいってなくて、でも、その彼と別れても次があるかどうかわからないし、みたいな」

いいですね。それから？

「それから……えっと、今つきあってる彼と結婚するけど、やっぱりうまくいかない、っていうふうにしようか、偶然知り合った別の人とつきあってうまくいかせるか——ああ、でも、そういうのって、ご都合主義っぽいですかね？」

ご都合主義になるかどうかは、お話全体の流れが決まってからでないと、今は何ともいえません。そのお話は、結局、どんな終わり方をするのでしょうか。

「うーん……。何となく、ヒロインが幸せになって終わりにはしたいんですけど、結婚してめでたし、めでたし、っていうのとはちょっと違うような。そのへん、自分でも、かなりぼんやりしてるんですよね～」

なるほど。ちょっと整理してみましょう。現時点で決まっているのは、

◆現代の日本が舞台。
◆30歳くらいの女性がヒロイン。
◆ヒロインはそろそろ結婚したいと思っているが、今つきあっている彼とはあまりうまくいっていない。

以上の3点ですね。

ここで、ちょっと前章に戻って、**冷蔵庫の中を見て、残っている食材（＝手持ちの素材）で作れそうなものを作ってみる。**の手順をみてください。

1　現時点で自分の頭の中にある「なんとなく、こんな感じの話が書いてみたい」というイメージ、人物、セリフ、場面、ストーリーの断片などをすべて書き出す。

2　次に挙げる項目を元に、1で書き出したストーリーの断片を肉付けしていく。
（ア）その物語の舞台＝「いつ（時代）」・「どこで（場所）」は？
（イ）主人公の年齢・職業・性別は？
（ウ）主人公が何をする話ですか？

（エ）主人公は、なぜそのような行動をするのですか？
（オ）主人公は、どのように行動するのですか？

Aさんのケースでは、この手順の**1**はすでにできています。先ほど挙げた、

◆現代の日本が舞台。
◆30歳くらいの女性がヒロイン。
◆ヒロインはそろそろ結婚したいと思っているが、今つきあっている彼とはあまりうまくいっていない。

というのがこれに当たります。

続いて**2**の肉づけパートを見てみましょう。**（ア）**の物語の舞台は「現代の日本」、**（イ）**の主人公の年齢と性別は「30歳くらいの女性」と決まっていますが、職業は未定。**（ウ）（エ）（オ）**についてはいずれも決まっていないことにお気づきでしょうか。

「え、でも『ヒロインはそろそろ結婚したいと思っているが、今つきあっている彼とは

あまりうまくいっていない』は（ウ）になりませんか？」

なりません。なぜなら「ヒロインはそろそろ結婚したいと思っている」も「今つきあっている彼とはあまりうまくいっていない」も、**主人公の現在**、すなわち、この**お話が動き出す前の状況**だからです。

一方、（ウ）で決めなければならないのは、主人公が「これから」何をする話なのか？ということです。ですので、ヒロインの現在の状況は（ウ）にはなりません。

このように整理していくと、**Aさんの今の状態は「どう書いていいかわからない」ではなく、「何を書いていいかわからない」だった**ことがわかります。

ということで、解決策は、今、まだ決まっていない（ウ）（エ）（オ）を埋めるために、もう一度、ご自分の好きなシチュエーションをリストアップしてみたり、眠っているアイディアを揺り起こすために、他の人の作品を読んだり見たりして刺激を受けること、となります。

次に何を書けばいいかわからない

続いてBさんのケースです。「毎回、途中まではいい感じで進んでいく」とおっしゃっていましたが……。

「そうなんです。たとえば、今自分が書いているのは『今際の国のアリス』とか『ダーウィンズ・ゲーム』みたいなデス・ゲームものなんですが、しばらく前から途中で止まってしまっているんですよね……」

なるほど。もう少し詳しく教えていただけますか？

「えっと。舞台は今より少しだけ未来の日本で、ある企業に勤める主人公が、自分の会社の裏サイトみたいなホームページを見つけるんです。そこでは社内研修の受講者を募集していて、参加すると特別に多額のボーナスが出ることになっている。主人公はお金欲しさに参加するんですが、いざ会場に行ってみたら、その研修でボーナスをもらえるのは、一番優秀な成績をとった2人だけで、残りの社員は多額の借金を負わされるとか、下手をすると死ぬとか、そういう危険なペナルティがあることがわかる」

いいですね。とても面白そうです。それから？

「主人公はあわてて参加を取り消そうとするんですが、研修場所は砂漠のど真ん中だったり、海のど真ん中だったり、簡単には自宅に帰れない場所で、そこに集まった同じ会社の社員たちと、生命とか財産とかを賭けてゲームをする。

「最終的には、主人公がゲームをクリアしてめでたし、めでたしで終わりたいんですが、そこまでの過程っていうか、どんなゲームをして、ゲーム中にどんな事件が起きて……っていう部分がなかなか思いつけないんですよね」

はい、ありがとうございました。**お話の外枠はできているが、肝心の中身が思いつけない、**というご自分の今の状況を、きちんと把握されていますね。

ここでひとつ、Cさんに質問です。**「デス・ゲームもの」に、絶対必要な要素**は何だと思いますか？

せっかくなので、本書をお読みの皆さんも、ここでいったん読むのを止めて、ご自分で少し考えてみてください。

――いかがでしょう。思いつきましたか？

それではBさんの回答を聞いてみましょう。Bさん、いかがですか？

「うーん……デス・ゲーム、というくらいですから、作中で何かしらのゲームをすること、ですかね」

そうですね。ゲームの存在は必須ですね。それはどんなゲームでもOKですか？

「OKだと思います。ジャンケンでも双六でも鬼ごっこでも……。実際、そういうゲームを使った作品がすでにありますし。他にもオリジナルのゲームとか、格闘技とか、野球みたいなスポーツでもアリだと思います」

なるほど。それでは、作中に何かしらのゲームを出しさえすれば、その作品は必ずデス・ゲームものになりますか？

「なりません」

ということは、ゲームの他にも必要な条件があるかと思いますが……。

「そうですね。あとは、プレイヤー同士の争いっていうか、人間関係？『あいつを絶対負かしてやる』とか、『あいつだけは破滅させなきゃ気が済まない』とか、もっとストレートに『殺してやる』とか。あと、最初のうちは立派なことを言っていても、負ければ自分が死ぬってことになると、どんな卑怯な手を使っても相手を蹴落とそうとするキャラクターが出てくるとか……」

いいですね。デス・ゲームものの条件が、かなり明確になってきました。他に何か、条件として思いつくものはありますか？

「今、質問に答えながら思いついたことがひとつあります。ゲームそのものは、ジャンケンでも何でもいいんですが、負けたときのペナルティが大きすぎること——全財産を失うとか、殺されるとか、あまりにも致命的すぎて、プレイヤーが『絶対に負けたくない』と思えるものであること、というのがあると思いました」

はい、結構です。他にも細々した条件はあるかもしれませんが、とりあえず、ここまでに出していただいた条件をまとめてみましょう。

◆何かしらのゲームが出てくること。

◆プレイヤー間で『あいつを破滅させてやる』『殺してやる』といった感情が発生すること。

◆生き延びるためなら、どんな卑怯な手でも使ってくるキャラクターの存在。

◆ゲームに負けたときのペナルティが致命的であること。

この4つは、あなたがデス・ゲームものを書くときに、最低限、盛り込まなければならない内容です。見方を変えれば、この4つの条件を満たしさえすれば、最低限、デス・

ゲームものは書ける、ということです。では、どうすればこの条件を満たせるか。

デス・ゲームものの条件で、Bさんが最初に挙げたのは、

◆何かしらのゲームが出てくること。

でした。ということで、Bさん。あなたが知っているゲームを、思いつくかぎり挙げてみてください。最低でも50、できれば100個出すのが理想です。

「野球みたいなスポーツや格闘技も入れていいですか？」

いいですよ。他にも「ゲーム」と名前のつくものなら何でもOKです。

本書をお読みの皆さんも、ここでいったん読むのを止めて、ご自分で少し考えてみてください。いいですか？　用意……、スタート！


——書けましたか？

それではBさんのノートを見てみましょう。

アイディア100

- ババ抜き
- 神経衰弱
- 大富豪
- 七並べ
- ポーカー
- ブラックジャック
- セブンブリッジ
- スパイダーソリティア
- マインスイーパー
- ルーレット
- ビリヤード
- ビンゴゲーム
- コイコイ
- おいちょかぶ
- D&D
- ウィザードリィ
- インベーダー
- ブロック崩し
- テニスゲーム
- レーシングゲーム
- 椅子取りゲーム
- ハンカチ落とし
- ジャンケン
- あっち向いてホイ
- あやとり
- ドロケー
- だるまさんが転んだ
- かくれんぼ
- 缶蹴り
- はないちもんめ
- かごめかごめ
- ロンドン橋落ちた
- 人生ゲーム
- 桃太郎電鉄
- 双六
- モノポリー
- 5目並べ
- 囲碁
- 将棋
- 挟み将棋
- まわり将棋
- チェス
- バックギャモン
- バビロン
- ハノイの塔
- 上海
- 麻雀
- 脱出ゲーム
- 箱入り娘
- オセロ
- 数独
- クロスワードパズル
- さめがめ

100 ideas

・テトリス
・ぷよぷよ
・ドラクエ
・FF
・手つなぎ鬼
・目隠し鬼
・宝探し
・黒ひげ危機一髪
・王様ゲーム
・人狼ゲーム
・ポッキーゲーム
・ジェンガ
・にらめっこ
・マリオパーティ
・山手線ゲーム
・しりとり
・なぞなぞ
・スイカ割り

・大小
・ホイスト
・ページワン
・サッカー
・野球
・バレーボール
・アメフト
・ラグビー
・フェンシング
・障害物競争
・マラソン
・リレー
・砲丸投げ
・競馬
・ボートレース
・ボクシング
・レスリング
・空手

・蹴鞠
・陣取りゲーム
・棒倒し
・玉入れ
・借り物競争
・パン食い競争
・二人三脚
・水道管ゲーム
・ゴルフ
・水球
・ビーチバレー

はい、お疲れさまでした。全部で100個出ましたね。

いかがでしょう。この中で、今回のデス・ゲームものに使えそうなゲームはありましたか？

「はい！　リストアップしていくうちに、『あ、このゲーム、アレンジしたら面白そう』と思ったものがいくつか出てきました」

それは何よりです。同じようにして、残りの条件、

◆プレイヤー間で『あいつを破滅させてやる』『殺してやる』といった感情が発生すること。
◆生き延びるためなら、どんな卑怯な手でも使ってくるキャラクターの存在。
◆ゲームに負けたときのペナルティが致命的であること。

についても、それぞれ、

「人が『あいつを破滅させてやる』『殺してやる』と思うのはどんなときか？」

「人が生き延びるためにやる『卑怯なこと』にはどんなことがあるか？」

「『致命的なペナルティ』と言われて思い浮かぶものは何か？」

というふうに質問文の形にして、それぞれ答えを50個から100個考えていくと、自然に頭のスイッチが入って、アイディアが浮かびやすくなります。

というわけで、**次に何を書けばいいかわからない**、かつ、**お話の外枠はできているが、肝心の中身が思いつけない**ときの作業手順は次のようになります。

1　そのお話に、絶対必要な条件は何か？　と考える。

2　その条件に合うものを、50個から100個リストアップする。

地道な作業ではありますが、書けない原稿を前に、やみくもに「何か浮かんでこないかなあ」と悩むよりは、確実に前進できる方法です。

なお、次に何を書けばいいかわからないだけでなく、お話の外枠もできていない場合は、この作業をする前に、ひとつ前の項目に戻り、肉付けパートの項目を全部埋めることをお勧めします。

自分が知らないことを、どう書いていいかわからない

最後にCさんのケースです。書いている最中、自分がよく知らない物事について書かなければならなくなり、そこで筆が止まってしまったわけですね。

これについては、正直、「知らないことは調べてください」としか言いようがないのですが——。

「ですよねえ……」

ただ、ひとつだけ試していただきたいことがあります。とりあえず、**その部分はわかるところだけ書いておき、残りは飛ばして書き進める**ことです。Cさんの場合、推理小説を書いていて、犯人が毒薬を使った。その毒についての知識がないから詰まってしまったということでしたね。

「そうなんです。具体的には、真冬の山荘で、キョウチクトウの枝を暖炉で燃やしたせいで、その部屋にいた人物が死亡した、ということにしたいんですが、どのくらいの煙を吸い込めば人が死ぬのか、その後、部屋に入ってきた人たちは何で大丈夫だったのかとか、考えだすとキリがなくなって、ここを解決しないことには先に進められなくなってしまいました」

わかりました。

Cさんに限らず、真面目で几帳面な書き手ほど、何かひとつでもわからないことがあると、そこで立ち止まってしまいがちです。でも、ここでちょっとご自分に問いかけてみてください。

その知識がないと書けない部分は、あなたのお話全体にとって、それほど重要なパートですか?

Cさんのケースですと、真冬の山荘で誰かが死ぬ。原因は暖炉でキョウチクトウを燃やしたせいである、ということは、すでに作中のキャラクターたちも知っていることなんですよね? それとも、「凶器はキョウチクトウの枝だった」というのが、このお話の最も重要な謎解き部分ですか?

「ちがいます。この話は、莫大な遺産を受け継ぐことになった地方の名家の跡取りたちが、法事の席でひとりずつ死んでいくというもので、最初のひとりは来る途中、交通事故に遭って死に、2人めがキョウチクトウのせいで死に……というふうにもっていくつもりでした。どの被害者も死因はわかるんだけれども、犯人が誰かわからない、フーダニット式のミステリです」

ということは、キョウチクトウのディテールがわからなくても、とりあえず最後まで書き進められる。もっと言ってしまえば、この人はキョウチクトウではなく、別の何らかの方法で殺されたとしても、お話全体に大きな影響はないのでは？

「はあ。まあ、そのとおりです」

であれば、とりあえずその人はキョウチクトウで殺しておいて（笑）、お話を完成させてから取材をしても遅くありません。結果的に取材時間が取れなかったり、取材してもわからなかったりした場合、他の方法に差し替えても、全体を損なうことはないわけですから。

ということで、**自分が知らないことを、どう書いていいかわからない**場合、

1　その部分が、物語全体にとってどの程度重要なのか判断する。
2　どうしても重要ならできるかぎり調べ、さほど重要でなければ飛ばして先に進む。

となります。

これまで多くの生徒さんからCさんと似たような相談を受けてきましたが、**相当数の方々が、全体の進行にはほとんど影響のないディテール部分で詰まっていました。**

詰まってしまった原稿に向き合い続けるのは、気分的にもしんどいものです。

「ここは後で調べて書こう」

と考えて先へ進む、気分転換に他のことをするなど、ご自分の気分を上手になだめながら、執筆を続けていってくださいね。

RECIPE

3

バリエーションを増やす

「物語」シリーズ第1作『7つのレッスン』では、**あなたが書きたい素材を発展させてプロットを作る**やり方を、第2作『5つのテンプレート』では、**ジャンルごとに共通する枠組み=テンプレートを使ってプロットを作る**方法をご紹介しました。

これらの本では、それぞれ「素材はひとつに絞ってください」「テンプレートはひとつだけ使ってください」とお願いしてきました。素材から書くにせよ、ジャンルから書くにせよ、初心者の皆さんには、まず、お話の基本的な構造をしっかり学んでいただきたかったからです。

ここからは、「面白いかどうかはともかく、とりあえずプロットは最後まで書けるようになった」という方を対象に、**基本のプロットから様々なバリエーションを作る**練習をしていきましょう。

ストーリーラインは同じでも……

じゃがいも・たまねぎ・にんじん・牛肉を、カレーソースで煮込めばカレーになります。デミグラスソースで煮込めばビーフシチューに、ブイヨンで煮込めばポトフになります。あるいは、ソースは同じでも、牛肉をチキンに置き換えれば、ビーフカレーはチキンカレーになりますし、チキンはそのまま、トマトベースのソースに変更すれば、チキンのトマトソース煮になります。

同様に、ストーリーラインは同じでも、**構成要素**を少し変えるだけで、プロットのバリエーションは無限に広げることができます。

ここからは、お話の主要な構成要素を取り上げ、それらを変更することで、プロットがどのように変化するか、実際に体験していただきましょう。

本書で取り上げる構成要素は次の5つです。

1　時代と場所

2　文体

3　登場人物のキャラクター

4　ジャンル

5　視点

『「物語」の組み立て方入門 5つのテンプレート』
雷鳥社

時代と場所

「所変われば品変わる」といいます。土地が変われば風俗や習慣も変わる、あるいは、土地が変われば、同じものでも名前や用途が変化する、ということを表すことわざです。

さて皆さん、桃太郎のお話はご存知ですね？　知らない方、ちょっと手を挙げて……

大丈夫ですね、ホッとしました（笑）。

その桃太郎ですが、あらすじはざっくり次のようになります。

◆川を流れてきた桃から赤ん坊が生まれ、桃太郎と名づけられる
◆大きくなった桃太郎は、鬼ヶ島へ鬼退治に行こうと決意する
◆鬼ヶ島に向かう桃太郎は、キビ団子をあげて、犬・サル・キジを仲間にする
◆桃太郎一行は鬼ヶ島に到着する
◆桃太郎一行は鬼を退治して故郷へ帰り、めでたし、めでたし

まずはこの桃太郎の、時代と場所を変えてみましょう。

――むかしむかし、あるところに……

で始まる桃太郎の物語の、背景となる時代は「むかしむかし」、場所は「あるところ」です。

この漠然とした「むかしむかし」と「あるところ」を別の言葉に置き換えると、お話はどのように変わるでしょうか。まずは時代を考えてみましょう。

【実習1】時代のバリエーションを考える

「桃太郎」の話はちょっとおいて、あなたが思いつく「時代」を、できるだけたくさん挙げてみてください。現在・過去・未来、いつでもOKです。最低でも50、できれば100個出せるまでがんばってみましょう。

本書をお読みの皆さんも、ここでいったん読むのを止めて、ご自分で少し考えてみてください。頭の中で考えるだけでなく、できればノートに書き出したり、パソコンやスマホで書いてみたりするのが理想です。いいですか？　用意――、スタート！

――書けましたか？

それでは、生徒さんたちの答えを見てみましょう。

アイディア１００

- 昭和時代
- 大正時代
- 明治時代
- 江戸時代
- 室町時代
- 南北朝時代
- 鎌倉時代
- 平安時代
- 奈良時代
- 大和時代
- 古代
- 中世
- 近代
- 上古
- カンブリア紀
- 氷河期
- ジュラ紀
- 白亜紀
- 古生代
- 紀元前
- 西暦１年
- 紀元前１００年
- 紀元前３２２年
- ８世紀
- １０世紀
- １４世紀
- 神代の昔
- 遠い未来
- 今より少しだけ昔
- 少しだけ未来
- １０年後
- ２０年後
- ５０年後
- １００年後
- 西暦２０３５年
- １９４０年代
- １９７０年代
- ミレニアム
- １９８０年代
- １６１６年
- １４９２年
- １７８９年
- １３３３年
- おじいさんが子どもだったころ
- ひいおじいさんもまだ生まれていなかった時代
- 〇〇天皇の御代
- １９９０年代
- 戦前
- 戦後
- 天平文化のころ
- 白鳳文化のころ
- バロック時代

100 ideas

- ロココ時代
- アールヌーボー
- ゴシック文化の時代
- ルネサンス時代
- ロマン主義の時代
- 帝国主義の時代
- 星歴２０５６年
- カール大帝の時代
- アーサー王時代
- 青銅器時代
- 鉄器時代
- 弥生時代
- 縄文時代
- 石器時代
- 前漢時代?
- 民代《みんだい》明代
- ウーマンリブの時代
- 戦時中
- 第一次世界大戦中
- 第二次世界大戦中
- クリミア戦争中
- 南北戦争中
- 元禄時代
- 人類誕生以前
- 人類滅亡後
- 5分後
- 西暦1万年
- 大航海時代
- 創世記のころ
- 月に植民地ができたころ
- アンドロイドが珍しくなくなった時代
- 恐竜が地球を歩いていたころ
- アラビアンナイトの時代
- まだ魔法があったころ
- 僕が小さかったころ
- 小学校時代
- 中学時代
- 高校時代
- 大学時代
- 幼稚園時代
- 1週間後
- ついさっき
- 今しがた
- 6年前
- 祖父の時代
- ひ孫も老人になるころ
- 祖父が死んだ日
- 妹が生まれた日

はい、ありがとうございました。ちゃんと100個出ましたね。

リストをご覧いただければわかりますが、ひと口に「時代」といっても、表現の仕方はさまざまです。**中には時代を言っただけで、場所まで特定できてしまう言い方もある**ということにお気づきでしょうか。

「それは寛政7年のことでした」

で始まる物語は、どうしたって日本が舞台でしょうし、

「アン女王時代」

と言われればイギリスを、

「マリー・アントワネットが断頭台に上った日」

と言われればフランスを、読み手は自然に連想します。

一方、

「紀元前1世紀」

「1751年」

のような言い方はニュートラルで、これだけでは場所の特定はできません。また「僕が小さかったころ」「おじいさんが子どもだったころ」のような言い方も、これだけで

は舞台がどこかはわかりません。

【実習2】場所のバリエーションを考える

ということで、次は場所のバリエーションを考えてみます。

先ほどと同様、「桃太郎」の話はひとまずおいて、あなたが思いつく「場所」をできるだけたくさん出してください。本書をお読みの皆さんも、できればどうぞご一緒に。手順はさっきと同じです。最低でも50、自信のある方は100個めざしてがんばってください。いいですか？　用意、スタート！

——書けましたか？

では、生徒さんたちの回答です。

アイディア100

・とある地方都市
・東京近郊
・香川県のある町で
・埼玉県の片隅で
・ロンドンの下町
・パリの裏通り
・お江戸日本橋
・ブルックリン
・お台場
・世田谷
・ひなびた温泉街
・さびれた観光地
・ディズニーランド
・USJ
・科捜研
・文部省
・ペンタゴン
・ホワイトハウス
・バッキンガム宮殿
・マンハッタン
・大手町
・ウォール街
・タヒチ
・南極
・オーロラの見える場所
・テキサスの荒野
・小塚原の刑場
・ある墓地
・ラスベガス
・新宿
・銀座
・六本木
・大手町
・ニュージーランド
・オーストラリア
・アルプスのふもと
・キャメロット
・ゴルゴタの丘
・ミナミ（大阪）
・チャールストン
・八丁堀
・ナイル川のほとり
・カルカッタ
・上海
・紫禁城
・モスクワ
・巣鴨プリズン
・バスティーユ
・太平洋の孤島
・とある山荘
・南国のビーチ
・雪国
・氷の城

100 ideas

・月面基地
・冥王星
・赤の広場
・カリブ海
・地中海
・大西洋
・パリのアパルトマン
・森の中
・山の中
・火星のドーム都市
・木星のコロニー
・グリーンランド
・町はずれの灯台
・エーゲ海の小島
・喜望峰
・万里の長城
・姫路城
・三河の国
・摂津の国
・薩摩藩
・長州藩
・奈良の都
・洛陽の都
・ボンベイ
・香港
・沖縄
・満州
・マケドニア
・サハラ砂漠
・シルクロード
・ヒマラヤ山脈
・パンゲア大陸
・アトランティス大陸
・シベリア
・チベット
・カルタゴ
・パルミュラ
・神聖ローマ帝国
・邪馬台国
・アマゾンの奥地
・富士の樹海
・ハワイ
・パルテノン神殿
・ビザンチン帝国
・移民船の中
・星間宇宙船内
・電脳世界の中

はい、お疲れさまでした！　こちらも100個出ましたね。

場所の表現の仕方もさまざまです。「日本」「アメリカ」「オーストラリア」のように国名だけを出す方法、「東京」「ニューヨーク」などの都市名を出す方法。ここでも**場所を言っただけで、時代まで特定できてしまう言い方がある**ことにお気づきでしょうか。

「邪馬台国」「ビザンチン帝国」など、今はもう存在しない地名を出せば、読者は、

（ああ、これは過去の話だな）

と自然にわかってくれますし、

「星間宇宙船」や「火星のドーム都市」といわれれば、いやでも未来を連想します。

もうひとつ、**場所にはそれぞれ特有のムードや歴史がある**こともポイントです。

「六本木生まれ、六本木育ちの桃太郎」と「下町生まれ、下町育ちの桃太郎」では、おのずと違うキャラクターを想像しませんか？　あるいは「シベリアで生まれ育った桃太郎」と「ハワイで生まれ育った桃太郎」、「シルクロードを旅する桃太郎」「銀河を旅する桃太郎」……。いろいろな桃太郎像が思い浮かびますね。

以上、2つの実習をふまえて、オーソドックスな「桃太郎」のお話がどのように変化するか見ていきましょう。

所変われば品変わる

50ページで述べたとおり、土地が変われば風俗や習慣は変わります。また、同じものでも土地によって、名前や用途が変わることがあります。

「桃太郎」の時代と場所を違うものに置き換えるなら、ストーリーラインは同じでも、**変更後の時代や場所に即した風俗や習慣、小道具などを出さなければなりません。**

例を挙げて説明しましょう。

時代は現代、舞台は東京・虎ノ門に設定したとします。

現代の東京で、川へ洗濯に行くおばあさんはいませんから、

◆川を流れてきた桃から赤ん坊が生まれ、桃太郎と名づけられる

というくだりは、時代と場所に見合った設定に変更しなければなりません。

続いて出てくる「鬼ヶ島に鬼退治に行く」も、現実世界に鬼が存在しない以上、他の

何かに置き換える必要があります。

◆鬼ヶ島に向かう桃太郎は、キビ団子をあげて、犬・サル・キジを仲間にする

ここもそうですね。昔話では犬・サル・キジが口をききますが、リアルな東京を舞台にするなら、これはちょっと無理があります。ただし、あなたがこのお話を、人間の言葉をしゃべる動物が登場するファンタジー、あるいはSFとして書くのであれば、この縛りは必要ないかもしれません。

お話の後半パート、

◆桃太郎一行は鬼ヶ島に到着する

◆桃太郎一行は鬼を退治して故郷へ帰り、めでたし、めでたし

については、前半で「鬼ヶ島とはどこか」、「鬼とは何をさすのか」をそれぞれ決めてあるはずですから、その設定に沿って書いていけばOKです。

以上のことをふまえて、実際にプロットを書いてみましょう。

【実習3】時代を「現代」、舞台を「東京」に設定して、桃太郎のプロットを書き換えてみてください。

【応用実習】ご自分の好きな時代、好きな場所を舞台に、桃太郎のプロットを書き換えてみてください。

いきなりプロットを書くのが難しい方は、以下のストーリーラインをベースに、変更部分を書き換えるだけでも結構です。

◆川を流れてきた桃から赤ん坊が生まれ、桃太郎と名づけられる
◆大きくなった桃太郎は、鬼ヶ島へ鬼退治に行こうと決意する
◆鬼ヶ島に向かう桃太郎は、キビ団子をあげて、犬・サル・キジを仲間にする
◆桃太郎一行は鬼ヶ島に到着する

◆**桃太郎一行は鬼を退治して故郷へ帰り、めでたし、めでたし**

本書をお読みの皆さんも、ぜひ挑戦してみてくださいね。用意――スタート！

……書けましたか？

では、生徒さんたちのプロットを見てみましょう。

作品例・1

現代の東京・虎ノ門を舞台にした桃太郎

◆虎ノ門ヒルズの前に捨てられていた赤ん坊が、自然派食品メーカー『グランマ』の社長に拾われ、桃太郎と名づけられる

◆大きくなった桃太郎は、養父母の会社の乗っ取りをたくらむ大手食品会社『大賀ナチュラルインダストリー』、通称『O．N．I』を阻止しようと決意する

◆桃太郎は、父の部下木島、大学の同級生美沙流《みさる》、天才ハッカー乾《いぬい》をそれぞれ仲間に

する

◆桃太郎たち四人は、素性を隠して『O．N．I』に就職する

◆桃太郎たちは『O．N．I』の乗っ取り計画を阻止したばかりか、反対に『グランマ』の子会社にすることに成功、桃太郎は『O．N．I』の新社長になってめでたし、めでたし

はい、ありがとうございました。昔話の桃太郎が一転して、何やら企業小説っぽい雰囲気になりましたね。

もうひとつ、他の方の作品も見てみましょうか。

作品例・2

応用実習　**白亜紀後期の地球・北米大陸を舞台にした桃太郎**

白亜紀後期の北米大陸。子育てをする恐竜、マイアサウラの母親が、あるとき、生み捨てられた卵を見つけて孵化させる。

卵から孵った子供は、マイアサウラの子供たちよりずっと小型で、見慣れない姿を

していたが、マイアサウラはその子をモモと名づけ、自分の子供たちとわけ隔てなく育てていた。

ところがあるとき、マイアサウラの留守中に、巣がティラノサウルスに襲われ、モモの兄弟たちは全員殺されてしまう。モモだけは体が小さかったため、巣の奥に隠れて助かった。

嘆き悲しむマイアサウラを見たモモは、巣を襲ったティラノサウルスに復讐を誓う。数年後、相変わらず体は小さいが、賢く成長したモモは、プテラノドン、トリケラトプス、エラスモサウルスを仲間にしてティラノサウルスの根城に向かい、力を合わせてティラノサウルスを倒すのだった。


ありがとうございました。こちらは何やら、ディズニーアニメのようなテイストのお話になりましたね。主人公のモモは、結局、何の恐竜だったのか……。うまく使えば、読者の興味を引っ張るいい伏線になりそうです。

いかがでしょう。ストーリーラインは同じでも、時間と場所を変えるだけで、お話の雰囲気はがらりと変わる、ということを実感していただけましたか？

次章では、文体を変えることで、同じストーリーラインがどのように変わっていくのか、皆さんに体験していただきたいと思います。

RECIPE

4

文体を変えてバリエーションを増やす

ストーリーラインは同じでも、構成要素を少し変えるだけで、プロットのバリエーションは無限に広がります。

前章では**時代と場所**を取りあげました。この章では

2 文体

について、実習を通じて体験していただきましょう。

文体とは何か

ひと口に「文体」といっても、その定義は様々です。ある作家に特有の文章スタイルを「文体」ということもありますが、ここではもう少しわかりやすく、**特定のルールに沿って書かれた文章の様式**と考えてください。

では、その**特定のルール**とは何か？

これにも様々な考え方がありますが、てっとり早く文章の雰囲気を変えるには、次の

2つを意識して書くと簡単です。

●**文末**

●**言葉の選び方**

順番に説明していきましょう。

文末は、文字通り文の終末部分です。ここを「です・ます体」にするか「だ・である体」にするかだけでも、読み手が受ける印象は変わります。

むかし、あるところに、おじいさんとおばあさんが住んでいました（です・ます体）。

むかし、あるところに、おじいさんとおばあさんが住んでいた（だ・である体）。

これらの文末をもっと崩して、語り口調にすることもできます。

A　むかし、あるところに、おじいさんとおばあさんが住んでいたの。

B　むかし、あるところに、おじいさんとおばあさんが住んでいたんだってさ。

C　むかし、あるところに、おじいさんとおばあさんが住んでおったそうな。

ちなみに、

「住んでいた」の「い」を取って「住んでたの」A'、「住んでたんだってさ」B'、「住んどったそうな」C'、にしたりすれば、印象はさらにカジュアルになります。

C'　むかし、あるところに、おじいさんとおばあさんが住んどったそうな。

この文章を読んで、「何か気持ち悪い」「しっくりこない」と感じた方。あなたの言葉選びのセンスはかなり鋭敏です。

文末は文全体の雰囲気を決定する、いわば土台の役目を果たします。ファッションでいえば、パンツやスカートのようなものですね。ビジネス用のスラックスを普段着のジーンズに変えたら、上半身のシャツやジャケットも、それに合わせてコーディネートしたくなるように、文末を変えたら、その上の文も、バランスをとって変えたくなる

――そんな感覚が身についてくると、あなたの文体はどんどん多彩になっていきます。

というわけで、この文の前半も、文末に合わせてコーディネートしてみましょう。

C''　むかし、あるところに、じじとばばが住んどったそうな。

いかがでしょう。文末の「住んどったそうな」が、昔ふうの語り口調なのに対し、前半の「おじいさん」「おばあさん」が現代ふうの言葉だったので、これを昔ふうに変えてみました。

もう少し、いじってみましょうか。

C'''　むかし、さるところに、じじとばばが住んどったそうな。

「あるところ」の「ある」は、具体的な名前は出さず、漠然と物事をさすときに使います。「さる」も似たような使い方をしますが、現代の世の中では、めっきり使われることが少なくなりました。

こうした、ちょっと古めかしい表現を使うだけで、文全体の雰囲気が昔ふうに変わったのを感じとっていただけたでしょうか。

これとは逆に、文末をもっと現代風にアレンジした例も出しておきましょう。

D　むかしィ、どっかにィ、なんか、じいさん？　とばあさん的な人がいた？　みたいな。

とまあ、ここまでいくと、さすがにやりすぎ感が漂いますが（笑）、たった一文でも、文末を変え、文中の言葉を文末に合わせて差し替えていくだけで、がらりと雰囲気が変わるのだ、ということが実感できたかと思います。

言葉の選び方

文末がパンツやスカートなら、その上にくる文章は、シャツやジャケット、アクセサリーのようなものです。服をたくさん持っていれば、さまざまな着こなしが楽しめるように、言葉のバリエーション、すなわち**ボキャブラリー**が多ければ多いほど、さまざまなスタイルの文体を書き分けられるようになります。

「えー、でも、私、ボキャブラリーとか、あんまり多いほうじゃないし……」と思ったあなた。大丈夫です。少ない服でも、工夫次第で、何通りもの着回しができるように、限られたボキャブラリーでも、基本的なポイントさえ押さえておけば、いろいろな文体を作ることができます。

例を挙げながら説明していきましょう。

抽象的な言葉↑↓具体的な言葉

「むかし、あるところに」。

この書き方は**抽象的**です。「むかし」というのがいつなのか、「あるところ」がどこなのか、明確に書かれていないからです。

この部分を、**具体的**な「いつ」と「どこで」を使って書き換えてみましょう。

「承元3年、上総の国に」

いかがでしょう。ぐっと明確になりました。承元3年は西暦でいえば1209年、鎌倉時代の初期にあたります。上総の国は千葉県中部です。

「おじいさんとおばあさんが住んでいました」

ここも漠然としていますね。具体的に書き換えてみましょう。

「広兼というおじいさんと、とよというおばあさんが住んでいました」

最初から書くと、こうなります。

承元3年、上総の国に、広兼というおじいさんと、とよというおばあさんが住んでいました。

いかがでしょう。

むかし、あるところに、おじいさんとおばあさんが住んでいました。

とは、あきらかに雰囲気が変わったことを感じていただけたでしょうか。

あるいは、こんなアレンジもできます。

1789年、ルアンの町に、ガスパールというおじいさんと、ジャンヌというおばあさんが住んでいました。

日本昔話の桃太郎の出だしが、「いつ」「どこで」「だれが」を明確にしただけで、一気に西洋風になりましたね。

このように、具体的な場所や名前を出すことで、より明確なイメージを読み手に伝えることができます。

「つまり、詳しく書けば書くほどわかりやすい文になるってことですか?」

そうですね。ただ、明確さや詳しさも、行き過ぎればかえって読みにくくなったり、わかりにくくなったりすることがあります。たとえば、

パタゴニアのクラウド・リッジ・ジャケットに身を包んだ桃太郎は、キャバリア・キング・チャールズ・スパニエルのジョン、ハヌマンラングールのスピカ、そしてオウゴンキンケイのルルと共に、颯爽とYAMAHA SR-Xに乗り込んだ。

なんていう文章を読んで、文中に登場する固有名詞をすべて、即座に思い浮かべられる読者は、そう多くないでしょう。

どの程度の詳しさ・具体名なら、相手に一番伝わるだろう？　ということを、常に意識して書くことが大切です。

和語↑↓漢語

日本語には「和語」と「漢語」の区別があります。和語と漢語の定義には、これまた諸説ありますが、本書では、ざっくり次のように考えてください。

和語……基本的に平仮名で書かれ、漢字で書いてあっても訓読みする言葉。
漢語……基本的に漢字で書かれ、かつ音読みする言葉。

たとえば、「おじいさん」は「お爺さん」と漢字で書くこともできますが、「爺」を「じい」と読むのは訓読みです。なので「おじいさん」は和語。これに対し「老人」はほとんどの場合漢字で書かれ、「ろう」も「じん」も音読みですから漢語です。

むかし、あるところに、おじいさんとおばあさんが住んでいました。

という文は、すべての言葉が和語で書かれています。これに対し、

承元3年、上総の国に、広兼というおじいさんと、とよというおばあさんが住んでいました。

という文には、和語と漢語が混在しています。この文に含まれる漢語の割合を、もう少し多くしてみましょう。

承元3年、上総の国に、広兼という老人と、とよという老女が住んでいました。

一般的に、漢語の量が増えるほど「だ・である体」と相性が良く、和語の割合が増えるほど「です・ます体」がしっくりくるようになります。ですので、右の文も「だ・で

ある体」に変えてみましょう。

承元3年、上総の国に、広兼という老人と、とよという老女が住んでいた。

いかがですか?「です・ます体」と比べ、文全体から受ける印象は、ぐっとタイトになりましたね。日本昔話というより、歴史小説の出だしのようです。

このように、**「漢語+だ・である体」の組み合わせは、文全体の印象をきっちり、タイトにする効果があります。**びしっとしたスーツのような感じでしょうか。じっさい、ビジネス文書や公的な文書は、ほとんどがこの形式で書かれています。

これに対し、「和語+です・ます体」の文章は、全体的に親しみやすく、わかりやすそうな印象を与えます。子ども向けの絵本などは、このスタイルが大半でしょう。文末を「~だよね。~なのさ」のような語り口調にすれば、さらにカジュアルな雰囲気になるのは、69ページでもお話ししたとおりです。

和語も漢語も、**名詞や熟語は、それぞれ独立した文に言い換えが可能**です。

おじいさんは山へ**柴刈り**に、おばあさんは川へ**洗濯**に行きました。

右の文の太字部分「柴刈り」と「洗濯」は、それぞれ「柴（＝雑木の小枝。たきぎの材料）を刈る」、「着るものを洗う」という独立した文で言い表すことができます。この2つの文を、元の文にはめこんでみましょう。

おじいさんは山へ**たきぎを取り**に、おばあさんは川へ**着物を洗い**に行きました。

いかがでしょう。元の文章より、さらにわかりやすくなりましたね。

独立した文は、「何を・どうする」という主語＋動詞の関係が明確なため、難解な名詞や熟語を使うより、読者に伝わりやすいという利点があります。ただし、文中に「主語＋動詞」の組み合わせが複数存在する**複文**になるため、ひとつの文が長くなり、結果的に読みにくくなることもあります。

一方、文があまりに長いときは、独立した文で書かれた部分を、名詞化・熟語化して短縮することもできます。次の例をご覧ください。

そのころ、鬼ヶ島から鬼たちがやってきては、むやみに暴れ回ったり、理不尽な言いがかりをつけたりすることを繰り返していたので、村に住む人たちはとてもこまっていました。

この文を、名詞と熟語を使って短縮するとこうなります。

当時、鬼ヶ島の鬼どもの度重なる乱暴狼藉に、村人たちはこまりはてていた。

名詞や熟語を多用すると、自然と漢語の分量が多くなります。漢語は「だ・である体」と相性がいいので、文末も「だ・である体」に変えてみました。文全体はタイトになりますが、人によっては、やや読みにくい、とっつきにくいと感じるかもしれません。文章のわかりやすさ・とっつきやすさを、どのレベルに設定するのか。言い換えれば、自分は今、何歳くらいの、どんな読者に向けて書こうとしているのか。常に意識しながら書く癖がつくと、あなたの文章レベルはさらに上がります。

文体を意図的に変えてみる

抽象的な言葉と具体的な言葉、和語と漢語、名詞・熟語と独立した文、この3つを使い分けるだけでも、あなたの文体にさまざまなバリエーションをつけられる、ということがおわかりいただけたでしょうか。

それでは、ここまで学習してきたことをふまえて、実際にプロットを書き換える実習をしてみましょう。本書をお読みの皆さんも、ぜひ挑戦してみてくださいね。

【実習4】次のイソップ童話を、文体を変えて書き直してみてください。

肉をくわえたイヌが、川にかかった橋を歩いていました。

ちょうど橋の真ん中で、イヌが水面を見下ろすと、そこにはもう一匹のイヌが、肉をくわえてこちらを見ていました。

（よし、あの肉も取ってやれ）

そう思ったイヌは、水面に向かってはげしく吠えたてました。

すると、口にくわえた肉が川に落ち、流れていってしまいました。

欲ばりな人は、けっきょく損をするというお話しです。


……できましたか？

では、生徒さんたちの回答を見てみましょう。

作品例・3

ニワトリをくわえた犬が、ハドソン川にかかる橋を渡っていた。

ちょうど橋の真ん中で、犬が水面を見下ろすと、そこにはもう一匹の犬が、ニワトリをくわえてこちらを見上げていた。

（よし、あの肉も取ってやれ）

そう思った犬は、水面に向かってはげしく吠えたてた。

すると、口にくわえたニワトリが川に落ち、流れていってしまった。

強欲な人は、最終的に損をするという教訓である。


はい、結構です。問題文の「です・ます体」を「だ・である体」に、「肉」「川」をそれぞれ「ニワトリ」「ハドソン川」と、具体的な名詞に変えてくださいました。細かいところでは、「イヌ」を「犬」と漢字にしたり、「欲ばり」を「強欲」と書き換えたりしてありますね。これだけでも、元になった文章とは雰囲気が違います。

もうひとり、別の方の作品も見てみましょうか。

作品例・4

ポチがね、お肉をくわえて、橋をわたろうとしていたの。

ちょうど橋の真ん中へんで、ポチが下を見たらね、もういっぴき、知らない犬が、お肉をくわえてこっちを見ていたの。

(いいなあ。ぼくもあのお肉がほしいなあ)

ポチがそう思って、「ワン！」ってほえたら、くわえていたお肉が川に落ちて、そのまま流れていっちゃったの。

よくばりな人は、みんな、ポチみたいにそんをするんだよ。

はい、ありがとうございました。こちらは何だか、絵本の読み聞かせを聞いているみたいでしたね。語り口調の語尾や、（いいなあ、ぼくもあのお肉がほしいなあ）というポチのセリフの言い換えなど、あちこちに工夫がされていて、とても良いと思います。

ところで、このポチのセリフですが、

（よし、あの肉も取ってやれ）

と思う犬と、

（いいなあ。ぼくもあのお肉がほしいなあ）

と思うポチでは、明らかに**キャラクターが違う**ことにお気づきでしょうか？

次の章では、登場人物のキャラクターを変えることで、同じストーリーラインがどのように変化するのか、皆さんに体験していただきたいと思います。

RECIPE

5

キャラクターを変えて バリエーションを増やす

構成要素を変えることで、プロットのバリエーションを増やす方法、前章では**文体**を取りあげました。この章では

3　登場人物のキャラクター

を変えることで、プロットがどう変わるかみていきましょう。

人が変われば話も変わる

もし桃太郎がとんでもない怠け者だったら、昔話の「桃太郎」はどうなると思いますか？

「そもそも、鬼退治に行こうと思わない」

「おばあさんが作ったキビ団子を、ひとりで全部食べてしまう」

「鬼ヶ島に行っても、犬・サル・キジに鬼退治を丸投げする」

そうですね。性格が変われば行動が変わり、行動が変われば結果も違ったものになっ

てきます。マルチシナリオ／マルチエンディングのゲームをプレイしたことがある方なら、このあたりのことは感覚的にわかっていらっしゃるかもしれません。

『「物語」のつくり方　7つのレッスン』では、**欲求**／**価値観**／**能力**の3つの観点から、キャラクターの作り方を学びました。

ここでは、それ以外の観点から、キャラクターの性格、ひいては物語の展開に大きく関わる要素を解説していきたいと思います。

自分から進んで行動するか／しないか

他からの働きかけがなくても、**自ら進んで物事を行う主人公**と、自分からは積極的に動かず、**外部からの動機づけがあって初めて行動する主人公**では、どのような違いがあるでしょうか。まずは、次の文をご覧ください。

おじいさんとおばあさんのもとで、すくすくと育った桃太郎は、ある日、鬼ヶ島へ悪い鬼を退治しに行くことにしました。

ある日、自分から「鬼ヶ島へ悪い鬼を退治しに行こう」と決めた桃太郎は、自ら進んで物事を行う主人公です。では、この桃太郎が、外部からの動機づけがあって初めて動くタイプだったとしたらどうでしょう。

おじいさんとおばあさんのもとで、すくすく育った桃太郎は、やがて村の娘と結婚して幸せに暮らしました。

誰からも、何も言われなかった桃太郎は、桃から生まれたこと以外、いたって普通の青年になってしまいました（笑）。

これでは面白くないので、この桃太郎にも、何とか鬼退治に行ってもらいましょう。どうすればいいと思いますか？　何か思いついた人？

「おじいさんとおばあさんが、鬼ヶ島の鬼に殺される」

「つきあっていた女の子が鬼にさらわれる」

「自分の額から角が生えてきて、村人たちから『鬼の子だ』といじめられる」

そうですね。自分から行動しない桃太郎には、「鬼退治をしよう！」「鬼ヶ島に行こう！」と**行動せざるを得なくなるような出来事を、外部で起こす**必要があります。

鬼ヶ島に着いてからの様子も見てみましょうか。


イヌはさっそく、よくきく鼻で鬼のにおいをかぎあてて、桃太郎たちを鬼のすみかにあんないしました。

キジは空にまいあがり、鬼のすみかを見おろして、

「鬼たちはみんな、ねむっています」

と桃太郎たちにしらせました。

サルは高いかべをよじのぼり、うちがわから門のカギをあけました。


この場面では、桃太郎の家来であるイヌ・サル・キジが進んで行動を起こし、桃太郎は動いていません。

もし桃太郎が進んで行動を起こすタイプなら、このシーンはどのように変わるでしょうか。

桃太郎は、イヌにむかって、

「おまえのよくきく鼻で、鬼のすみかをさがしあてておくれ」

といいました。イヌがいわれたとおりにすると、桃太郎は、こんどはキジに、

「おまえは、空から中のようすを見てきておくれ」

とたのみました。キジは空にまいあがり、

「鬼たちはみんな、ねむっています」

と桃太郎にしらせました。桃太郎は、さいごにサルにいいました。

「おまえは、門の中からカギをあけておくれ」


ひとつ前の例文と比べて、いかがですか？　何か気がついた方？

「えっと。この授業とは直接関係ないかもしれないんですけど……」

いいですよ。どうぞ。

「何か、桃太郎がえらそう（笑）」

「ていうか、今度はイヌ・サル・キジが指示待ちっぽくなった気がします」

はい、面白い感想が出てきました。最初の方、桃太郎がなぜ「えらそう」に見えるか

わかりますか？

「え……っと。みんなに命令しているから……？」

そうですね。実はこのシーンでは、桃太郎は、自ら進んで行動すると同時に、もうひとつ、あることをしているのです。

積極的に他者と関わるか／関わらないか

前項では、自ら進んで**物事**を行なう桃太郎が登場しました。この「物事」を**「他者」**に置き換えると、お話の展開はまた変わってきます。

自ら進んで他者と関わるキャラクターは、常に周囲のキャラクターたちとコミュニケートしながら物事を進めていきます。前項で、イヌ・サル・キジにそれぞれ役割をあてがった桃太郎がこのタイプですね。

一方、他者との関わりに消極的なキャラクターは、周囲にどれだけ人がいても、基本的に自分ひとりで行動します。たとえば、こんなふうに……。

鬼ヶ島についた桃太郎は、砂浜についた鬼の足あとをおって、鬼のすみかをみつけました。すみかは高いかべにかこまれ、中から大きないびきが聞こえてきます。

「鬼たちは、ねむっているようだ」

そうおもった桃太郎は、はしごをつくって、かべをのりこえることにしました。


「イヌ・サル・キジの出番がない……」

そうですね。これはこれで有能な桃太郎ですが、**パーティもの**としての面白みはなくなってしまいます。

ではこの桃太郎を、原作どおり、イヌ・サル・キジと協力させるためには、どうすればいいと思いますか？　何か思いついた方？

「イヌ・サル・キジでなければ、できないようなことがある。たとえば、鬼ヶ島についても、鬼の居場所がわからないとか、鬼のすみかに着いても、中の様子がわからないとか」

「イヌ・サル・キジの誰でもいいので、桃太郎に自分からからんでいく」

そうですね。自分から積極的に人に関わっていかない主人公については**関わらざるをえない状況を作る**か、**他者のほうから積極的に関わっていく**ようにする必要があります。

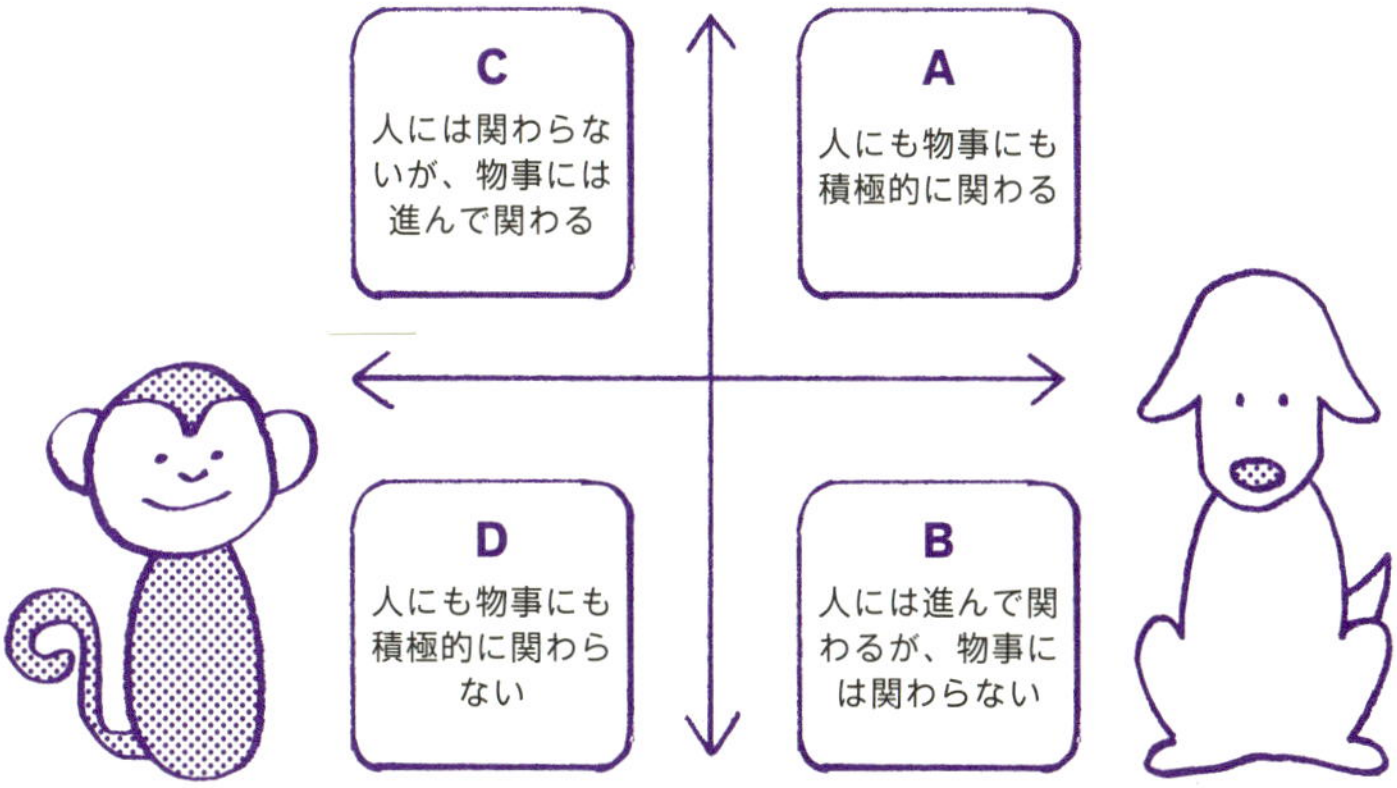

キャラクターのマトリクス

対人／対・物事から見たキャラクターの性格を、マトリクスにしてみましょう。上の図をご覧ください。

A　人にも物事にも積極的に関わる

B　人には進んで関わるが、物事には関わらない

C　人には関わらないが、物事には進んで関わる

D　人にも物事にも積極的に関わらない

Aの**人にも物事にも積極的に関わる**キャラ

クターは、放っておいても自分で自分を動機づけて行動し、他のキャラクターたちにもどんどん話しかけていきます。『3年B組金八先生』の坂本金八など、昔のドラマや漫画に出てくるような熱血タイプのヒーローを思い浮かべれば、何となくイメージがつかめるでしょう。このタイプを主人公にすれば、お話をテンポ良く進めることができます。初心者の方で、お話がなかなか前に進みにくいと感じている方は、意識的にこのタイプのキャラクターを使ってみるといいかもしれません。

Bの人には進んで関わるが、物事には関わらないキャラクターは、人づきあいはいいけれども、大きな問題に直面すると、腰が引けてしまうタイプです。フィクションの世界では、**キャラクターをイヤなことに直面させたほうが、お話は断然面白くなります**から、このタイプは、いやおうなく災害に巻き込まれる**ディザスター**[*]**もの**や、自分ではそんなつもりはなかったのに、事件を解決せざるを得なくなる、といった展開に巻き込むといいでしょう。

Cの人には関わらないが、物事には進んで関わるキャラクターは、**B**のタイプとは反対に、単独で問題に向き合うことはできるけれど、人間関係は苦手だったり、不器用だったりするタイプです。なので、どんどん彼らの苦手な人間関係に直面させてあげましょう。このタイプを主人公として使うなら、**ラブコメ**や**バディ**ものがおすすめです。スポ根やヒーローものの主人公にするなら、自分ひとりが努力すれば何とかなるかもしれない個人戦より、チームやペアで戦うタイプのお話にすると面白くなるでしょう。

Dの**人にも物事にも積極的に関わらない**キャラクターは、特に若い年齢層の、作家志望の方がうっかり主人公にしてしまいやすいタイプです。はた目には、何を考えているのかわからないところがミステリアスで魅力的に見えるせいでしょうか。このキャラクターを動かすには、周囲でどんどん事件を起こすか、積極的な脇役の存在が不可欠です。が、**初心者の方がそれをやりますと、お話が進んでいくにつれ、主人公の存在感がどんどん希薄になっていく**、ということが実にしばしば起きますので、最初のうちは避けたほうが無難でしょう。

エンタメ小説の主人公は、元がどんな性格であれ、最終的には人にも物事にも関わらざるを得なくなるという宿命を負っています。皆さんが書かれる主人公がどのタイプなのか、ご自分でしっかり把握した上で、どのような経緯で他者、あるいは

＊ディザスターもの
災害など、突然の異常事態をきっかけに起こるさまざまなドラマを描くジャンル。『「物語」の組み立て方入門　5つのテンプレート』39P

物事に関わっていかせればいいのか、いろいろ考えてみてください。

キャラクターの性格を変えてみる

それでは、ここまで学習してきたことをふまえて、実際にプロットを書き換える練習をしてみましょう。本書をお読みの皆さんも、ぜひ挑戦してみてくださいね。

【実習5】次に挙げるのは、童話『ヘンゼルとグレーテル』の一場面です。グレーテルのキャラクターを、今回学んだA～Dのどれかに設定し、この場面を書き換えてください。

悪い魔女はヘンゼルをつかまえ、犬小屋へとじこめてしまいました。それから、グレーテルに、毎日、兄さんにおいしいものを食べさせるようにいいつけました。

魔女は毎朝、犬小屋へ行っては、

「ヘンゼル、指をだしておみせ」

といいました。そろそろ食べごろに太ったかどうか、みようというのです。

……できましたか？

では、生徒さんたちの作品を見てみましょう。

作品例・5

悪い魔女はヘンゼルをつかまえ、犬小屋へとじこめてしまいました。それから、グレーテルに、毎日、兄さんにおいしいものを食べさせるようにいいつけました。

グレーテルは、なやみました。兄さんが魔女に食べられるのはいやですが、魔女の命令にさからえば、自分のほうが先に食べられてしまうかもしれません。

グレーテルは、泣きながら、毎日ヘンゼルにごちそうを運びました。せまい犬小屋にとじこめられたヘンゼルは、みるみる太っていきました。やがて、魔女に食べられてしまう日も、そう遠くないことでしょう。

はい、ありがとうございました。このままでは、ヘンゼル大ピンチですね（笑）。

このグレーテルは、どのタイプとしてお書きになりましたか?

「Dの、人にも物事にも積極的に関わらないタイプにしました」

そうですね。この場面では、グレーテルは、自ら問題に向き合うことも、魔女やヘンゼルといった自分以外のキャラクターと絡むこともしていませんから、Dのタイプといえるでしょう。

もうひとつ、別の作品も読んでいただきましょう。

作品例・6

悪い魔女はヘンゼルをつかまえ、犬小屋へとじこめてしまいました。それから、グレーテルに、毎日、兄さんにおいしいものを食べさせるようにいいつけました。

よくあさ、魔女は、グレーテルの悲鳴で目をさましました。

「どうしたんだね、そうぞうしい!」

声は犬小屋から聞こえてきます。魔女が行ってみると、そこでは、ヘンゼルがたおれたまま、すっかり冷たくなっていました。そばでは、グレーテルが、かぼそい声でうめいています。

「一体、これは何ごとだい?」

とたずねた魔女に、グレーテルは、ひとふさの赤い木の実をゆびさしてみせました。

「毒イチゴじゃないか。まさか、ふたりともこれを食べたのかい?」

グレーテルは、くるしそうにうなずきました。

「だって、あたしたち、ほんとうにおなかがすいていたんですもの……」

その言葉を最後に、グレーテルも、ぐったりと息をひきとりました。

「なんてばかな子どもたちだ!」

魔女は、腹を立ててさけびました。

「毒イチゴで死なれたんじゃ、食べることもできやしない」

魔女はぷんぷん怒りながら、ヘンゼルとグレーテルの死体を森の空き地にほうり投げ、どこかへ行ってしまいました。

どのくらい時間がたったでしょうか。

2人の子どもは、むっくり起き上がり、たがいに目を見あわせました。

「うまくいったわね、ヘンゼル兄さん!」

「ああ、グレーテル。毒イチゴで魔女をだますなんて、おまえは何てかしこいんだ!」

その後、おとなになった2人は薬屋をひらき、大いに繁盛したということです。

ありがとうございました。大胆なアレンジですね。このグレーテル、タイプは……？

「**A**です。人にも物事にも積極的に関わるキャラクターです」

そうですね。ヘンゼルのセリフから、このアイディアの出どころがグレーテルであること、つまり、彼女が自分から行動を起こしたことがわかります。また、2人のやりとりから、この兄妹の間にチームワークが確立していることもわかります。

ところで、この**作品例・6**では、ヘンゼルとグレーテルの昔話に、ちょっとした推理小説のような味つけがなされています。既存のプロットにジャンルを追加することでも、お話のバリエーションを広げることができるわけです。

というわけで、次章では、さまざまな**ジャンル**を例に出しながら、同じストーリーラインがどのように変化するのか、皆さんに体験していただきましょう。

RECIPE

6

ジャンルを変えて
バリエーションを増やす①

～職業もの～

構成要素を変えることで、プロットのバリエーションを増やす方法、前章では**登場人物のキャラクター**を取りあげました。この章では

4 ジャンル

を変えることで、プロットがどう変わるかみていきましょう。

もし桃太郎の結末がソーリーエンドだったら？

犬・サル・キジと、首尾よく鬼退治を果たした桃太郎は、おじいさんとおばあさんの待つ家に戻り、末永く幸せに暮らしましたとさ。めでたし、めでたし――で終わる桃太郎の昔話。もし、このエンディングを「ソーリーエンドにしてください」と言われたら、皆さんはどのような結末にしますか？

「桃太郎が長旅から帰ったときには、おじいさんもおばあさんもすでに死んでいた」

「桃太郎が退治した鬼の大将が、実は桃太郎の本当の父親だった」

「帰る途中、サルの裏切りにあって、桃太郎は暗殺されてしまう」

はい、ありがとうございます。結末を変更しただけでも、お話の雰囲気ががらりと変わるのを感じていただけたでしょうか。

物語をその**結末（エンディング）**別に分類しますと、

- **ハッピーエンド**
- **ソーリーエンド**
- **どちらでもない**

の3種類に分けられます。**舞台となる時代**に着目すれば、

- **歴史もの**
- **現代もの**
- **未来もの**

のようになりますし、読者の**年齢層**で分ければ、

- **幼年向け**
- **児童向け**
- **一般向け**

ということになるでしょう。

このように、物語をある見方に沿って分類したものを**ジャンル**といいます。ジャンルについては、前著『「物語」の組み立て方入門　5つのテンプレート』で詳しく解説しましたので、ご興味のある方は、そちらも併せてご覧ください。

ジャンルのいろいろ

さて、ひと口に「ジャンル」といっても、その分類方法はさまざまです。

●探偵もの
●刑事もの
●医者もの

など、主人公の**職業**で分ける職業ものや、

●学園もの
●法廷もの
●医療もの

など、主人公が活躍する**場所**にフォーカスしたもの、

●推理小説
●サスペンス
●ファミリードラマ

●恋愛もの

など、**作中で扱う題材**別に分けることも可能です。前著『5つのテンプレート』では、こうしたジャンルの中でも、特に、作中に**典型的なお約束の展開＝テンプレート**を含む「ディザスターもの」「ラブコメディ」「ヒーローもの」「バディ（相棒）もの」「サクセスストーリー」の5つを取り上げ、プロットの書き方を学びました。

本章では、これら以外のジャンルを使って、既存のプロットがどのように変化するか見ていきましょう。

職業もの ～もし、桃太郎の職業が××だったら？～

世の中には会社員やOLといった、皆さんにもなじみ深い仕事から、「え、そんな職業があったの？」というくらい変わったものまで、様々な職業が存在します。

今回は桃太郎の職業を変えることで、桃太郎のプロットがどのように変化するか見てみましょう。まずは皆さんが知っている、あるいは聞いたことがある職業を、思いつくかぎり挙げてください。最低でも50、できれば100個出すのが理想です。

「『戦士』や『踊り子』みたいな、ゲームに出てくる職業も入れていいですか?」

いいですよ。あまり固く考えず、思いつくまま出してください。

本書をお読みの皆さんも、ここでいったん読むのを止めて、ご自分で少し考えてみましょう。ただ考えるだけでなく、できればノートに書き出したり、パソコンやスマホで書いてみたりするのが理想です。いいですか? それでは、用意……、スタート!

――書けましたか?

では、生徒さんたちが作ったリストを見てみましょう。

アイディア100

- サラリーマン
- ＯＬ
- 事務職
- 総合職
- ビル清掃
- ビル管理
- コンビニの店員
- コンビニの店長
- 郵便局員
- 銀行員
- 銀行の頭取
- ゲーム会社の社長
- ゴルフクラブのオーナー
- 八百屋
- 魚屋
- ブティックの店員
- モデル
- デザイナー
- 漫画家
- ＤＪ
- ミュージシャン
- タレント
- お笑い芸人
- カメラマン
- 新聞記者
- 裁判官
- 検事
- 弁護士
- 警備員
- 宝石商
- 彫金師
- はんこ屋さん
- パチンコ屋の店員
- 教師
- 教頭
- 校長
- コーチ
- スポーツのマネージャー
- タレントのマネージャー
- 課長
- 部長
- 係長
- レーサー
- 車の整備員
- 運送業者
- 引越業者
- 廻船問屋
- 遊女
- 遊郭の主
- 禿《かむろ》
- 薬種問屋
- 製薬会社
- 鉄工所の所員
- 炭鉱夫
- 山師
- 香具師
- サーカスの団員
- ブリーダー

100 ideas

・添乗員
・CA
・パイロット
・軍人
・自衛隊員
・商人
・勇者
・格闘家
・ボクサー
・プロ雀士
・プロ棋士
・プロゴルファー
・魔王
・羅宇屋
・フリーター
・審判
・AV女優
・AV男優
・新聞記者
・編集者
・アナウンサー
・解説者
・書記
・速記者
・タイピスト
・レスラー
・政治家
・国王
・女王
・ホスト
・ホステス
・キャバ嬢
・呼び込み
・タクシーの運転手
・老人ホームの職員
・カウンセラー
・コミッショナー
・学芸員
・図書館員
・インストラクター
・煙突掃除夫
・眼科医

はい、お疲れさまでした。全部で１００個出ましたね。

いかがでしょう。この中で、桃太郎の職業にしてみたら面白そうなものはありましたか？

ちょっと実習してみましょう。

［実習６］桃太郎の職業を特定の何かに決めて、桃太郎の昔話を改稿してください。

いきなりプロットを書くのが難しい方は、以下のストーリーラインをベースに、変更部分を書き換えるだけでも結構です。

◆川を流れてきた桃から赤ん坊が生まれ、桃太郎と名づけられる
◆大きくなった桃太郎は、鬼ヶ島へ鬼退治に行こうと決意する
◆鬼ヶ島に向かう桃太郎は、キビ団子をあげて、犬・サル・キジを仲間にする
◆桃太郎一行は鬼ヶ島に到着する
◆桃太郎一行は鬼を退治して故郷へ帰り、めでたし、めでたし

本書をお読みの皆さんも、ぜひ挑戦してみてくださいね。

……できましたか？

それでは、生徒さんたちの作品を見てみましょう。

作品例・6

パティシエ・桃太郎

◆19世紀。パリの老舗パティスリー『ル・フルーヴ（川）』の裏口に捨てられていた赤ん坊は、オーナーに拾われペシェ（桃）と名づけられる

◆パティシエ（洋菓子職人）の修業を積みつつ大きくなったペシェは、養父が若いころ一度だけ食べたことがあるという幻の菓子「キビ団子」を求めて日本へ行こうと決意する

◆日本へ向かう客船の中で、桃太郎は、キャビンボーイをしながら故郷の日本を目指すキジ彦、老いた菓子職人猿田、その孫娘お犬を仲間にする

◆ペシェ一行は横浜港に到着する
◆猿田の言葉をヒントに、京都の老舗菓子司『小村軒』を目指すペシェたちだったが、当時の日本はまだ鎖国が解けたばかり。外国人であるペシェへの風当たりは強く、京都へ向かう旅は難儀をきわめる。だが旅の途中、東海道の掛川宿で出された団子こそ、ペシェが追い求めたキビ団子だった。めでたし、めでたし

はい、ありがとうございました。桃太郎をフランス人のパティシエにしたことで、鬼退治ではなくキビ団子を追い求める旅になった、ということですね。終盤、キビ団子があっさり見つかってしまうのが、やや尻すぼみの印象を与えて惜しいので、ここで何かもうひとつ大きな事件を起こせれば、さらに面白くなりそうです。

もうひとり、別の方の作品もご紹介しましょう。

作品例・8
タクシードライバー桃太郎

近未来。太平洋に浮かぶ人工島『オニガシマ』は、巨大犯罪都市として栄えていた。モモ＝タローは、この島を縦横に走る幹線道路から裏道まで、すべての道を知り尽くしたタクシードライバーだ。

ある夜、いつものように客を求めて歓楽街を流していたモモ＝タローは、瀕死の重傷を負った顔見知りのチンピラ、通称モンキーを拾う。モンキーは「キビ……タケ……」と謎めいた言葉を残して死ぬ。

せめてモンキーを埋葬してやろうと車に乗せるモモ＝タローだが、そこへ黒いベンツの一団が現れ、モモ＝タローのタクシーとカーチェイスになる。あわやというところで裏道に逃げ込んだモモ＝タローを助けたのは、フェザント（キジ）と名乗る美女と、その弟のシェパードだった。

フェザント姉弟は、オニガシマを仕切るマフィアのボス、ディアブロに復讐するために、何年も計画を練ってきたという。ディアブロが島を支配するために、かつて島のオーナーだった姉弟の両親を殺したからだ。モンキーは2人の末の弟で、ディアブロの秘密を探っていたため殺された。

ディアブロは独自の製法で作り出した麻薬「キビダンゴ」を闇で売りさばき、巨万の富を築いていた。キビダンゴの精製には、オニガシマにしか生えない新種のキノコ、キビタケが不可欠で、ディアブロはキビタケを島の地下でひそかに栽培している。

島中の道を熟知するモモ＝タローは、姉弟の頼みで、地下の栽培場まで彼らを乗せていくことになる。

栽培場に到着した姉弟は、栽培場に爆弾を仕掛け、キビタケをすべて焼き払う。怒り狂ったディアブロは彼らを追ってくるが、モモ＝タローは優れたドライビングテクニックで追跡を振り切り、彼らを無事に島外へ逃がすのだった。


ありがとうございました。桃太郎の職業に加え、キビ団子や犬・サル・キジの設定にもアレンジをきかせた作品でした。

ところで**作品例・7**と**作品例・8**では、プロットの構造上、非常に大きな違いがあります。気がついた方、いらっしゃいますか？

「**7**のほうは歴史もので、**8**のほうは近未来、とか？」

それはお話の舞台となる時代の違いですね。私の質問は、プロットの**構造上の違い**です。

「原作と7では死なないサルが、8では死んでいる？」

そうですね。サルが死ぬ、というのは、ストーリーの展開としては、確かに大きな違いです。しかしながら、これは、構造上の違いではありません。なぜなら作品例・8の場合、モンキー（サル）が死んでも、それは桃太郎（モモ＝タロー）たちが鬼（ディアブロ）退治をする、という**メインプロットに影響していない**からです。

「……？．？．？」

ちょっと難しい質問だったでしょうか。本書をお読みの皆さんも、次の回答を読み進む前に、ご自分なりに考えてみてください。

……考えつきましたか？

それでは回答です。

作品例・8には、原作と作品例・7にはあった次のくだりが抜けています。

◆大きくなった桃太郎は、鬼ヶ島へ鬼退治に行こうと決意する

なんだ、そんなことかと思われましたか？

「ていうか、だったら、その前の、

◆川を流れてきた桃から赤ん坊が生まれ、桃太郎と名づけられる

っていう部分も抜けてますけど」

はい、とてもいいご指摘です。順番に説明していきましょう。

まず、

◆大きくなった桃太郎は、鬼ヶ島へ鬼退治に行こうと決意する

この部分のあるなしが、なぜ、プロットの「構造上の違い」になるのか。

桃太郎自身が「鬼退治に行こう」と決める原作と、「キビ団子を探そう」と決意する作品例・7では、主人公は自分で自分の目標を決めています。言い換えれば、鬼ヶ島へ行く動機、日本へ行く**動機**が自分自身の中にあるわけですね。

一方、フェザント姉弟に依頼されて栽培場に向かう作品例・8では、「ディアブロを倒そう」と決意しているのはフェザントとシェパードであり、桃太郎はその手助けをしているだけです。

よって作品例・7と作品例・8では、**お話のメインとなるクエストを行う人物**が桃太郎であるか、フェザント姉弟であるか、という構造上の大きな違いがある、といえるわけです。

通常、**お話の主要部分に関わる動機は、必ず、主人公自身が持っていなければなりません。**なぜなら、物語の主導権を握るのは、プロットの主要部分に関わる動機を持つ人物だからです。主要部分に関わる動機を持たない主人公は、次第に他のキャラクターに主導権を奪われ、目立たない存在になっていくでしょう。

作品例・8でもそうですね。重傷のモンキーを拾うあたりまでは、モモ＝タローは主人公らしく見えますが、フェザント姉弟が登場したあたりから影が薄くなってきます。これを書いてくださった生徒さんも、うすうすそのことは感じていたらしく、ラストでふたたびモモ＝タローを登場させていますが、ディアブロの栽培場を焼き払う、という活躍をした姉弟に比べると、キャラクターとしてのインパクトは弱いですね。

このあたりのことは、１４７ページの**視点**の章でも再度お話ししますので、そちらも参考にしてみてください。

続いて、

◆川を流れてきた桃から赤ん坊が生まれ、桃太郎と名づけられる

この部分のあるなしは、なぜ、プロットの構造上の違いにならないのか？　というお話です。

前項を読んでいただいた方には、もうおわかりかもしれませんが、答えは、桃太郎が桃から生まれたかどうか、ということは、お話の主要部分である鬼退治とは、直接関係*がないからです。

ではこの部分は何のためにあるかといえば、「桃太郎は普通の人とは違う特別な存在ですよ」と読者なり聞き手なりに一発で印象づけるための演出である、と考えればわか

りやすいでしょう。

身もフタもないことを申し上げるようですが、小説を書くためのテクニック、という観点からは、**生まれ方が普通かそうでないかより、そのことが主人公の動機や行動原理に直接影響しているかどうか**、ひいては**物語の主要部分に影響するか**どうか？　ということのほうがはるかに重要です。

桃太郎が鬼退治を決意した理由が、たとえば、

「桃から生まれた、という自分のコンプレックスを解消したい！」

ということであれば、この部分は本筋に影響しているといえます。しかし、昔話の桃太郎は、自分の出生とは無関係に鬼退治を決意しますよね？　ですから、この部分はプロットの主要部分に関係しない、といえるわけです。

いかがだったでしょうか。ジャンルを変えることで、プロットの変化を体験する実習、職業ものをやっただけですが、思いのほか長くなってしまいました。

というわけで、次章も引き続き、ジャンルを変える練習をしたいと思います。

＊桃は魔除けの力を持つ果物なので、桃から誕生した桃太郎には鬼退治の力があったとする説があります。しかし、そのことは、昔話の中ではっきり説明されていないため、本書では「主要部分に関係しない」としました。

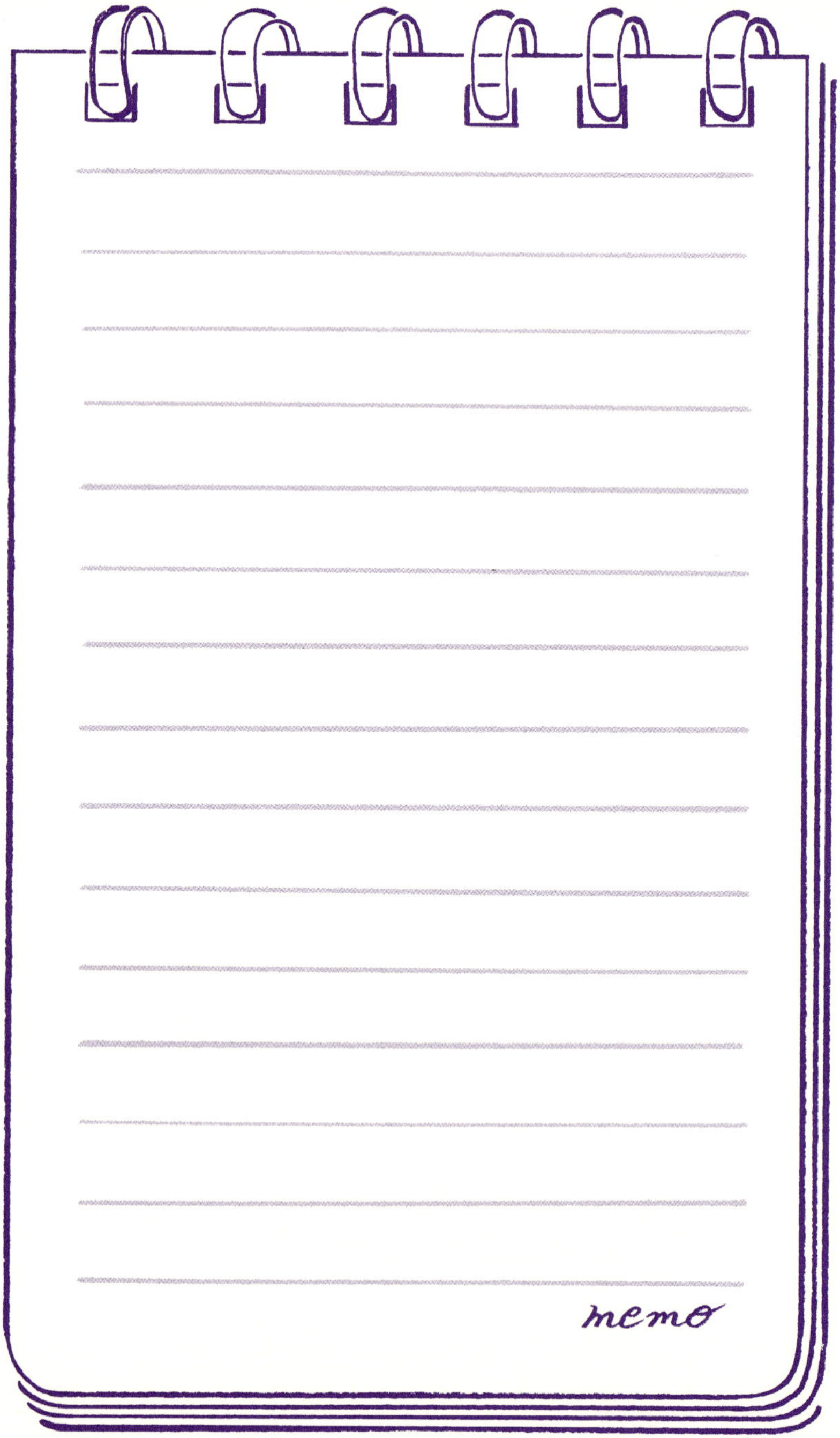
memo

RECIPE

7

ジャンルを変えて
バリエーションを増やす②

～ホラー～

構成要素を変えることで、プロットのバリエーションを増やす方法、前章とこの章では

4　ジャンル

についてお話ししています。本章では夏の夜の定番、**ホラー**について考えてみましょう。

読者はなぜ怖がるのか？

本書をここまで読み進めてきたあなたは、「桃太郎」のアレンジにもかなり慣れてきたことと思います。ですので、今回はこれまでの力試しもかねて、実習からトライしてみましょう。

【実習7】昔話の桃太郎を「ホラー」に変えて、プロットを書いてください。

いきなりプロットを書くのが難しい方は、以下のストーリーラインをベースに、変更部分を書き換えるだけでも結構です。

◆**川を流れてきた桃から赤ん坊が生まれ、桃太郎と名づけられる**
◆**大きくなった桃太郎は、鬼ヶ島へ鬼退治に行こうと決意する**
◆**鬼ヶ島に向かう桃太郎は、キビ団子をあげて、犬・サル・キジを仲間にする**
◆**桃太郎一行は鬼ヶ島に到着する**
◆**桃太郎一行は鬼を退治して故郷へ帰り、めでたし、めでたし**

本書をお読みの皆さんも、ぜひ挑戦してみてください。いいですか？
用意――スタート！

……できましたか？

それでは、生徒さんたちの作品を見てみましょう。

作品例・9

鬼の子・桃太郎

◆おばあさんが川を流れてきた桃を見つける。その桃から赤ん坊が生まれ、桃太郎と名づけられる。桃には子ザルがしがみついており、桃太郎と共に、兄弟のように育てられる。子ザルの名前は桃次郎である

◆桃太郎が成長するにつれ、彼の周りで村人が事故に遭ったり、怪我をしたりする事件が連続する

◆そのため、村では「桃太郎は呪われている」「鬼の子だ」と噂が立つ。桃太郎は噂の真偽を確かめるため、大人のサルになった桃次郎と共に鬼ヶ島へ旅立つ

◆鬼ヶ島に向かう途中、桃太郎と桃次郎は、犬とキジを仲間にするが、犬とキジも道中、何かに襲われ、殺されそうになる

◆桃太郎一行は鬼ヶ島に到着する

◆鬼ヶ島に巣くっていたのは猿鬼（えんき）と呼ばれる鬼たちだった。桃太郎は猿鬼の王子であり、誤って人里に流されたのを、猿鬼の使いである桃次郎が故郷に送り届けるために、村で事件を起こしていたのだ。「おじいさんとおばあさんには、桃

太郎は死んだと伝えてくれ」と犬とキジに頼む桃太郎。以来、桃太郎を見た者はひとりもいない

ありがとうございました。桃太郎が実は鬼の一族だった、というオチですね。原作にはないサルの桃次郎の存在や、村や鬼ヶ島への道中で事件を起こしていたのが、実は桃次郎だった、など、随所に工夫が見られます。

さて、この実習の課題は「ホラー」です。なので、これを読んだ**読者には怖がってもらわなければなりません。**

というわけで、プロットを書いた生徒さんにお訊きします。

このお話で、あなたが**読者を怖がらせるために書いた部分**はどこですか？

「はい。桃太郎の周りで村人が事故に遭ったり怪我をしたりするところと、鬼ヶ島に行く途中で、仲間になった犬やキジも誰かに襲われるところ、です」

なるほど。では、その部分について、もう少しおうかがいします。

桃太郎の周りで村人が事故に遭ったり、犬やキジが襲われたりすると、**どうして読者は怖がる**のですか？

「えっ？　……どうしてって……」

そうですね。すぐには答えられない質問ですね。普通は、そんなことまでいちいち考えながら書かないですものね。

結構です。これについては後ほど説明することにして、もうひとつ、別の作品も見てみましょう。

作品例・10

英雄伝説

川のほとりのその村には、古い言い伝えがあった。

昔、村が壊滅の危機にさらされたとき、ひとりの英雄が村を救った。

英雄は今も村を見守っており、村が危機に瀕すると、犬、猿、キジと共に、村を救ってくれるという。

川を見下ろす高台に、英雄を祀った社があり、犬と猿とキジが飼われていた。境内には大きな桃の木があり、ご神木であるその木になった実は、英雄だけが食べてよいとされていた。

ある日、村の老婆が、社で行き倒れの母子を見つけた。母親はすでに死んでいたが、子どものほうは、ご神木になった桃の実を食べてまだ生きていた。

老婆はその子を連れ帰り、「桃太郎」と名づけて育てることにした。その後も社の桃を食べて育った桃太郎は、村の子どもたちの誰よりも、それどころか、大人たちの誰よりもたくましい少年に成長した。

それから5年。

その年は雨が多く、村のそばを流れる川は何度も氾濫した。田畑は水に浸かり、大昔にかけた古い橋も流れてしまった。

村人たちは総出で護岸工事と橋のかけ替えを行ったが、どうしても橋がかからない。川の中央の、最も深い水底に礎石を埋めなければならないのだが、それができる者がいなかったからだ。

礎石を据え、そこに橋柱を打ち終えるまで水底に留まる――。それはすなわち、それをする者の死を意味していた。

困り果てた人々の中から、いつしか、英雄を求める声が出始めた。

「あの子ならできる」「桃太郎ならできる」

だって、あの子はご神木の実を食べて育った英雄ではないか。

体こそ大人より大きいものの、桃太郎はまだ十にもならない子どもである。大人たちの言いつけには逆らえず、泣きながら重たい礎石を抱えて水に入った。

桃太郎の命と引き換えに、川には立派な橋がかかり、村は壊滅の危機を脱することができた。

その村では、今も、村を救った桃太郎の伝説が語り継がれているという。


はい、ありがとうございました。人柱にされた桃太郎、というなかなか陰惨なお話ですね。このバージョンでは出番のなかった犬・猿・キジにも何かしらの役割があれば、もっと面白かったかもしれません。

このプロットを書いた方にも訊いてみましょう。

このお話で、あなたが**読者を怖がらせるために書いた部分**はどこですか?

「はい。英雄として育ったはずの桃太郎が、最後は村人たちの圧力で犠牲になってしまうところ、です」

そうですね。では、英雄として育ったはずの桃太郎が、村人たちの圧力で犠牲になってしまうと、**なぜ読者は怖がるのでしょう？**

「うーん。うまく言えませんけど、あるあるっていうか。**自分がその立場になったら嫌だろうな、怖いなあ、と思う**から、ですかね」

そのとおり！　正解です。

これはホラーに限りませんが、読者が物語に感情移入するためには、**共感できる部分**が不可欠です。もしも自分がこんな立場だったら、こんな状況に直面したら、嬉しいだろう／悲しいだろう／楽しいだろう／つらいだろう、と心底共感できて初めて、読者は物語にのめりこむことができるのです。

ホラーの場合、読者に味わってほしい／共感してほしい感情は、恐怖や不安、ハラハラ感や気味悪さですから、私たち書き手は、どうすれば読者の気持ちをこのような方向にもっていくことができるのか？　ということを常に考えながら、プロットを組み立てなければなりません。

怖さのディテールを考える

以上をふまえた上で、先ほど生徒さんに書いていただいた2つのプロットを見ていきます。

作品例・9を書かれた方は、桃太郎の周りで村人が事故に遭ったり、犬やキジが襲われたりするくだりで読者が怖がるだろう、と考えました。

しかし、どうでしょう。作品例・9をお読みになった皆さん、このプロットは怖かったですか？

「正直、あまり怖くなかったです」

「プロットではなく、作品になった時点で、本文を全部読めば怖いと思うかもしれませんけど、今の段階ではあまり……」

「ホラーっていうより、謎解きっぽい感じがしました」

ありがとうございました。そうですね。このままでは、ホラーとしては今ひとつインパクトに欠ける感じです。なぜ、インパクトに欠けるかわかりますか？

「箇条書きで、書いてある文章が少ないから……？」
「何か他人事っぽい感じがするから」
「村人たちがどんな事故に遭ったのかとか、犬やキジがどんなふうに襲われたのかとかが、具体的に書かれていないから」

そうですね、どれも正解です。ただ、これだけでは漠然としているので、もう少し整理してみましょう。

1番目と3番目のご意見、「書いてある文章が少ない」「具体的に書かれていない」は、要するに**情報量が少ないから怖がれない**ということです。では、どんな情報があれば怖がれるのか。

ひとつには、3番目の方がおっしゃったように、どんな事故に遭ったのか、どんなふうに襲われたのか、という**ディテールの書き込み**ですね。

◆桃太郎が成長するにつれ、彼の周りで村人が事故に遭ったり、怪我をしたりする事件が連続する

ひと口に「事故」と言っても、その種類は様々です。野犬に襲われる、仕事道具の鎌や鍬で怪我をする、井戸に落下するといった、比較的ありそうな事故なのか、着物の帯がひとりでに動いて首を絞めてきた、鬼火に惑わされて沼に落ちたといった、普通ではありえない事故なのか。あるいは、食中毒や熱病なども、広い意味では「事故」になるかもしれません。

村人たちがどんな事故に遭うかで、怖さの質も変わってきます。プロットの段階で、すべてを書きつらねる必要はありませんが、最低限、「井戸に落下する」「鬼火に惑わされる」など、怖さの質がわかる程度の説明は入れておいたほうが、後々、その線に沿ってアイディアを膨らませるときに便利です。

ディテールとして、もうひとつ使えるのが**視覚効果**です。一般的には、明るい街中より、薄暗い地下通路のほうが怖いですし、藪の中からチワワが出てくるより、グリズリーが現れるほうが怖いですよね？　今やすっかり市民権を得たゾンビものも、腐乱死体という視覚的なインパクトが恐怖のトリガーになっていますし、ホラー映画の古典「ザ・フライ」や「エクソシスト」なども、これでもかというくらい観客の視覚に訴える恐怖演出をしています。

以上、**何が起きているのか具体的に書くことと視覚効果を使うこと**についてお話ししました。何となくわかっていただけたでしょうか？

続いて、2番目の方のご意見、**「何か他人事っぽい感じがする」**理由について、もう少し詳しく考えてみましょう。

怖さを身近に感じさせる

物語を読んで、映画を観て、あるいは誰かの話を聞いて、まるで自分のことのように嬉しくなったり、ハラハラしたり、「何とかしなきゃ」と思ったりした経験は、皆さんお持ちのことと思います。

その一方で、当事者がどれほど大変なめに遭っていても「ふーん」で済ませてしまうこともあるでしょう。その違いは、どこからくると思いますか？

「そのことに興味があるかないか」
「自分に関係あるかどうか」
「その日の気分や体調によって変わる」

「自分に近い人かどうか。友達なら一緒になって喜んだりするけど、知らない人なら『あっそう』で終わる」

そうですね。どの答えも正解です。ただ、3番目の方のご意見については、私たちは読者のその日の気分や体調まではコントロールできませんから、この章では除外しましょう。

その他の回答について、順番に考えていくことにします。

まず、**そのことに興味があるかないか。**

普段はあまり意識しないことですが、私たちは、ぱっと目についた物を、好きか嫌いか、興味があるかないかを瞬時に判断しながら生きています。Ａｍａｚｏｎのようなネット書店で本を選んでいるときや、今日はどんな映画やドラマを観ようかと迷っているときを思い浮かべてみてください。無数にある本や映画の中から、

「今日はこれにしよう」

と決めるとき、皆さんはどのようにしていますか？　Ａｍａｚｏｎや動画配信サービスのＨｕｌｕ、Ｎｅｔｆｌｉｘなどでは、購入履歴や閲覧履歴から「おすすめ」を表示してくれますが、そのすべてを読んでみる、観てみる、という方は少数派だと思います。

「おすすめ」として絞り込まれた中から、さらにご自分の好みに合いそうな本や映画をチョイスしていますよね?

その決め手になるのは何でしょう。

「好きな監督とか、俳優が出ているから。本とか漫画なら、好きな作者とか」

「映画とかコミックスだと、ジャケ買いすることもある」

「あらすじをざっと読んで面白そうだったから」

そうですね。つまり、皆さんの中には、「好きな作家」「好きな絵柄」「好みのあらすじ」というデータがすでにあり、このデータに照らし合わせて、いけそうなら読んでみる・観てみるという行動につながるわけです。

読者にとっての「好きな作家」になるためには、それまでに何冊か本を出していなければなりませんから、デビュー前の皆さんはあてはまりません。

「好きな絵柄」については、この本は小説の書き方マニュアルですので、これも除外いたします。

となると、残されたチャンスはあらすじだけです。あらすじは、プロットよりもさらに短く、ほんの数行しかありませんが、それでも読者は「面白そう」と興味を持ってくれることがある。なぜか。

私たちには、それぞれ気を惹かれる特定の単語、すなわち**好みのキーワード**があるからです。

本章のテーマであるホラーについていえば、「ホラーだったら何でも好き」という人もいれば、「オカルトっぽいホラーは苦手だけど、殺人鬼が追ってくる話は好き」「ゾンビものが好き」などなど、皆さんの中にもこだわりがあるはずです。この場合の「ホラー」「オカルト」「殺人鬼」「ゾンビ」などは、すべてあなたが無意識に取捨選択しているキーワードです。

皆さんがこれから書いていくお話の中に、読者好みのキーワードが含まれていれば、それだけ選ばれる可能性が高くなるわけですね。

このようなキーワードの出し方については、『「物語」のつくり方入門　7つのレッスン』で詳しく書きましたので、ご興味のある方はそちらを参考にしてみてください。

続いて**自分に関係あるかどうか**。あるいは**自分に近い人かどうか**。

一般的に、読者は主人公と**共通項が多いほど感情移入しやすい**といわれています。

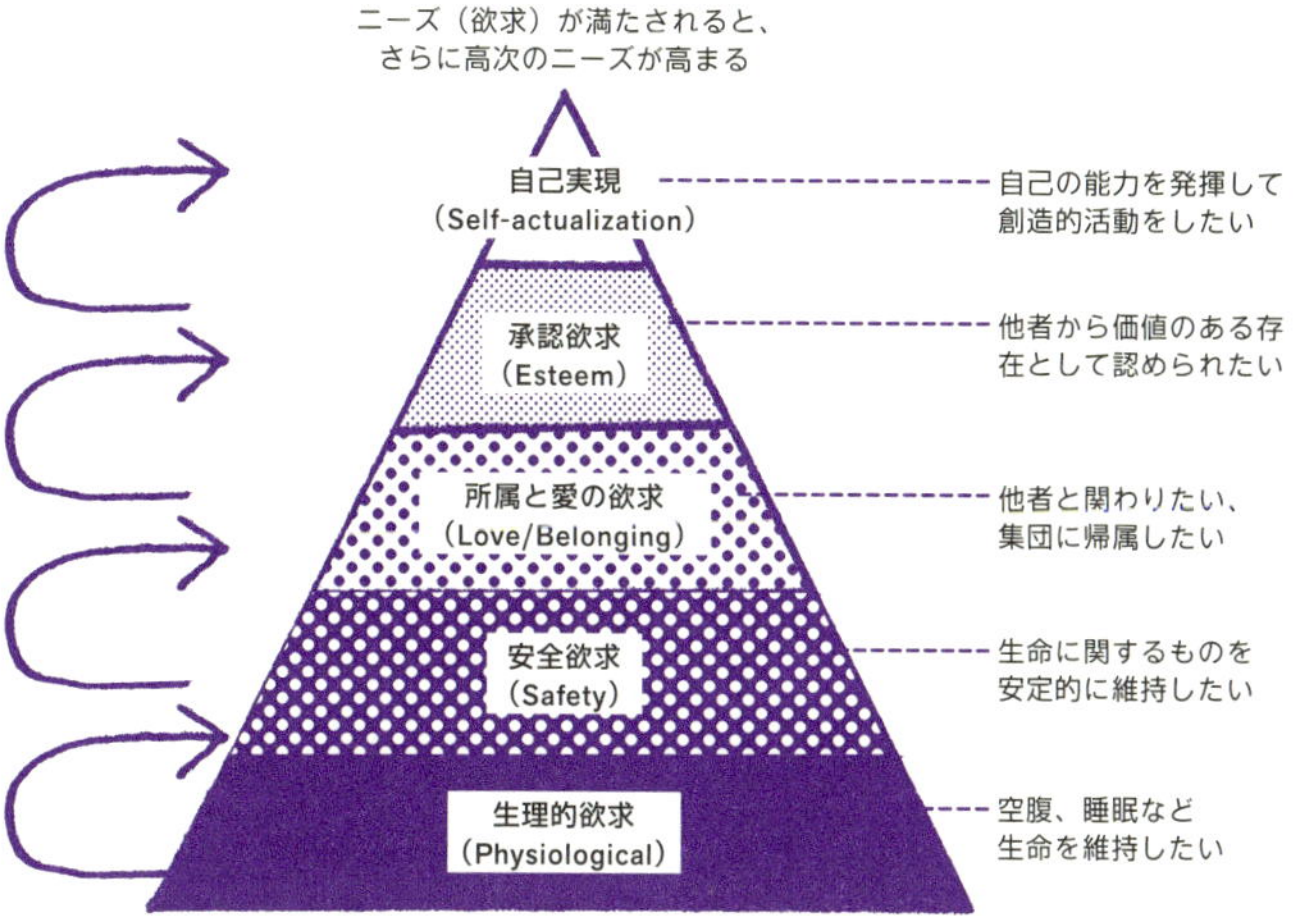
ニーズ（欲求）が満たされると、
さらに高次のニーズが高まる
自己実現
（Self-actualization）
自己の能力を発揮して
創造的活動をしたい
承認欲求
（Esteem）
他者から価値のある存
在として認められたい
所属と愛の欲求
（Love/Belonging）
他者と関わりたい、
集団に帰属したい
安全欲求
（Safety）
生命に関するものを
安定的に維持したい
生理的欲求
（Physiological）
空腹、睡眠など
生命を維持したい

ライトノベルの主人公の多くが、10代から20代の男性に設定されているのは、ターゲットとなる読者層が、その年代の男性だからです。

その他のジャンルでも、たとえば、倦怠期の夫婦の日常を淡々と描いた小説を、ティーンエイジャーの読者が、ずっぽり感情移入しながら読むのは、不可能とはいわないまでもかなり難しいでしょうし、50代60代の男性が、今時の10代の女の子をヒロインにしたラブコメをのめりこんで読む、というのは相当稀なケースでしょう。

その点、**ホラーには、他のジャンルと比較して、読者が圧倒的に感情移入しやすくなる、ある仕組み**が存在します。

前ページの図はマズローの**欲求5段階説**を図にしたものです。欲求5段階説とは、簡単にいうと、人間の欲求はこのようなピラミッド状になっており、下位の欲求が満たされると上位の欲求が出てくるという理論です。

一番下の**生理的欲求**は、食事や睡眠、排泄など、ヒトが生存していく上で、もっとも必要な条件を満たしたい、という生命に関わる欲求です。

次に来る**安全の欲求**は、前に挙げた生理的欲求が満たされた上で、それがずっと続いてほしい、今日も明日も明後日も安全に暮らしたい、という欲求です。

その次の**所属と愛の欲求**は、ただ安全に暮らすだけでは物足りない、家族や学校、会社など、何らかのコミュニティに所属したい、他者に受け入れられている、という感覚が欲しいという気持ちです。

その欲求も満たされると、今度は、ただ所属しているだけでは物足りない、その集団の中で尊敬されたい、自分は価値ある存在なのだと認められたい、という**承認の欲求**が生まれます。他人から注目されたい、羨ましがられたい、という気持ちもこの欲求の一種です。

これらの欲求の頂点に来るのが、自己の可能性や能力を最大限に発揮したい、自分がなれる最高の自分を目指したい、と願う**自己実現欲求**です。

なぜ、こんなことを長々と説明したかといいますと、これらが**人類共通の欲求**だからです。大事なことなので、繰り返しますね。**人類共通の欲求**です。人種も年齢も性別も関係なく、誰もが普通に持っている欲求――つまり、**誰もが共感しやすい、感情移入しやすい欲求**ということです。


皆さんはあまり意識したことがないかもしれませんが、**欲求の背後には、必ず怖れが存在します。**

「達成できなかったらどうしよう」「奪われたらどうしよう」と不安になったり、怖がったりする気持ちです。

ということは、**人類共通の、この5つの欲求が叶えられない、あるいは奪われる、という状況を描けば、共感できるホラーの基本的な枠組みはできてしまう**のです。

例を挙げて説明しましょう。

生理的欲求が脅かされるホラーの例としては、そのものずばり、「生命の危険にさらされる」というものがあります。殺人鬼に殺される、ゾンビや怪物など、オカルトっぽい敵に食われるなどですね。

桃太郎に応用するなら、たとえば、桃太郎の村の裏山に鬼が棲みつき、夜な夜な村人をさらっては殺していく。おじいさんもおばあさんも殺され、犬、サル、キジも鬼に食われ、桃太郎だけは神社の境内に隠れたものの、外では鬼どもが徘徊し、見つかって食われるのはもはや時間の問題……のような感じでしょうか。

安全欲求が脅かされるホラーでは、「平穏な日常が危機にさらされる」ものが挙げられます。原因不明の病気にかかってしまい、それまでの健康が損なわれるとか、ある日突然、自分を取り巻く環境が変わってしまった、旅先で事件に巻き込まれてしまったなど。

桃太郎に応用するなら、気心の知れた友人のイヌ・サル・キジと海釣りに出かけた桃太郎は、嵐に遭ってとある小島に流される。そこは鬼だけが住む鬼ヶ島で、島の秘密が外部に漏れないように、桃太郎たちを座敷牢に監禁する一方、怪しげな鬼の儀式の生贄として、少しずつ体を削り取られていく……というふうに作っていくのはいかがでしょう。

所属と愛の欲求を脅かすホラーなら、「それまで自分が属していた集団が危機にさらされる」「集団から除《の》け者にされる」というプロットが考えられます。誰かから執拗に嫌がらせをされ、そのせいで円満な家庭に波風が立つとか、ある日突然、クラスのいじめのターゲットにされるなどですね。

桃太郎に応用するなら、鬼は必ず見つけて殺す、という風習のある村で育てられた桃太郎が、ある日自分の体の異変に気づく。変化が進むにつれ、自分は鬼に変わろうとしているのだと悟った桃太郎は、何とかそれを隠し通そうとするが、ついに村人の中でも最も危ない性格の人物にばれてしまい……という感じでしょうか。

承認の欲求なら、「恋人や家族が奪われる／悪い意味で変貌してしまう」「苦労して築き上げた地位や名誉を最悪の形で失うことになる」というパターンが使えます。誰かに弱みを握られて強請《ゆす》られ続け、次第に追い詰められていく、というのは、サイコホラーのひとつの定番ですし、ストーカーの攻撃の矛先が、自分ではなく恋人や家族に向く、というのも、「自分を最も大事にしてくれる人の危機」という形で、承認の欲求が脅かされるホラーといえるでしょう。

桃太郎バージョンで考えるなら、たとえば、前項のプロットを少し変えて、桃太郎が鬼になりかけていることに気づいた村人のひとり――桃太郎と同年代の若者、かつ、桃太郎に日ごろから嫉妬している人物だと効果的です——が、「秘密を洩らされたくなかったら、何でも俺の言うことを聞け」と桃太郎を恐喝し、大切な友人のイヌとサルも、恋人のキジも奪ってしまう、というふうに持っていくと、このタイプのホラーになりますね。

最後に**自己実現の欲求を脅かすホラー**ですが、これは主人公に**明確な夢や目標がある**とき、その夢や目標を致命的に阻害しようとする事件や人物、という形で書くことができます。

たとえば、世界チャンピオンになることを目指しているボクサーがいたとして、あと一試合勝てばその夢に手が届く。ところがそこへ、彼の後ろ暗い過去を知る者が現れ、「ばらされたくなかったら試合に負けろ」と恐喝してくる。あるいは、ずっと不遇な人生を歩んできたヒロインが、ついに愛する人と結婚したものの、夫の家には彼を溺愛する姑／小姑／幼馴染の女性などがおり、陰湿な嫌がらせで2人の仲を割こうとする、といった「狂気じみた悪意」系のホラーは、しばしばこのタイプに該当します。

「すみません、ちょっと質問、いいですか?」

はい、どうぞ。

「今、例に出た2つのプロットって、所属と愛の欲求とか、承認の欲求が脅かされるタイプのホラーじゃないんですか？」

いい質問です。そうですね。最初のプロットは「世界チャンピオンになりたい＝周囲から尊敬される存在になりたい」と解釈すれば承認の欲求になりますし、次のプロットは「愛する人と結婚したい＝家族や集団に所属したい」と解釈すれば所属と愛の欲求になります。

しかし、同じ世界チャンピオンを目指すのでも、その動機が「チャンピオンになれば周囲から尊敬されるから」ではなく、「自分の可能性をとことん試してみたいから」であれば、それは自己実現の欲求にもとづいた行動になります。

次の「愛する人と結婚したい」も同じです。「あの人のそばに居場所がほしいから」ではなく、「あの人と一緒にいることで、最高の自分になれるから」が動機なら、それは自己実現の欲求です。

「でも、動機はどうあれ、行動は一緒なんですよね？　だったら、チャンピオンになる可能性を危険にさらす、というプロットは、承認欲求バージョンも自己実現欲求バージョンも同じプロットになっちゃうんじゃないかと思うんですけど」

はい。おっしゃるとおり、チャンピオンになる可能性が危機にさらされる、という「事件」に注目すれば、承認欲求バージョンも、自己実現バージョンも似たような流れになるでしょう。

しかし、ここで気をつけなければならないのは、**主人公の欲求が違うということは、怖がるポイントが違う**、ということです。チャンピオンの例で説明しますと、もし承認欲求からチャンピオンになりたいのなら、主人公の恐怖の焦点は、

「もしチャンピオンになれなかったら、これまで自分が受けてきた尊敬や羨望のまなざしも、名誉も全て失われてしまう」

ということになりますが、これが自己実現欲求ならば、

「もしチャンピオンになる夢が閉ざされてしまったら、これまで自分がそのために歩んできた人生は、すべて意味のないものになってしまう」

というふうになります。

これを、主人公に恐怖を与える側、すなわち恐喝者の脅し文句で考えてみると、もっと違いがわかりやすいかもしれません。

「いいのかい？　何も知らず、おまえを尊敬のまなざしで見てきた恋人の××も、親友

の○○も、おまえを軽蔑するようになるんだぜ」（承認欲求の阻害）

と、

「どんな気持ちがするだろうな？　これまでおまえが生きてきた時間のすべて、ボクシングに打ち込んできた時間のすべてが全部奪われてしまったら？　この先、おまえは何を張り合いにして生きていけばいいんだろうな？」（自己実現の欲求の阻害）

とでは、主人公の気持ちも、強請り屋が仕掛けてくる罠の種類も違ってくると思いませんか？

以上、人類共通の欲求を阻害することからホラーを書く方法、それによって読者の共感や感情移入を引き出すやり方をご紹介しました。

バリエーションの増やし方、ジャンルの回は、**職業もの**と**ホラー**についてお話ししました。次章からは**視点**を変えることで、プロットがどう変化するかをご一緒に見ていきたいと思います。

memo

RECIPE

8

視点を変えてバリエーションを増やす

構成要素を変えることで、プロットのバリエーションを増やす方法、前々章と前章は**ジャンル**を取りあげました。この章では

5　視点

を変えることで、プロットがどう変わるかみていきましょう。

本書でいう「視点」とは、①**どのくらいの距離から、**②**どのような角度で**読者にお話を見せるのか？　ということです。映画やＴＶに置き換えると、カメラの位置をどこにするか？　ということですね。

同じお話でも、視点の距離や方向次第で、印象はずいぶん変わってきます。

以下、例を挙げながら学んでいきましょう。

視点と距離　～その１・俯瞰視点～

私たちは、通常、遠くの出来事よりも、近くで起きた出来事のほうを、より生々しく感じます。また、遠くに見える人よりも、目の前にいる人のほうに、より強く関心を抱きます。高いビルの屋上から交通事故を見下ろすより、目の前で車が衝突するのを見たほうが、視覚的にも心理的にもインパクトは強いですよね?

というわけで、次の文章を読んでみてください。

サーカスのテントの中は、色とりどりのライトで明るく照らされていました。天井近くに張られた綱の上では、ピエロが2人、飛んだり跳ねたりしています。一方のピエロは赤い服、もう一方は白い服を着ています。

これを読んだあなたの脳裏には、色とりどりのライトに照らされたテントの内部と、綱の上にいる2人のピエロのイメージが浮かんだはずです。この後、

赤いピエロがお手玉を始めました。

白いピエロは玉乗りを始めました。

と書かれていれば、あなたは、お手玉をしている赤いピエロと、玉乗りをしている白いピエロを何となくイメージするでしょう。読者であるあなたは、今はまだ、どちらのピエロに注目していいかわかりません。あなたと2人のピエロとの距離は、同じくらい離れており、それぞれのピエロについての説明も、同じくらいの分量だからです。したがって、あなたの心の目は、作中で何か新しいことが起きるたびに、そちらに向けられることになります。

本書では、このような書き方を**俯瞰《ふかん》視点**と呼ぶことにします。場面全体を等分に見渡し、一人ひとりの人物の内面にはあまり踏み込まない書き方です。

場面全体を視界に入れようとすれば、離れたところから見なければなりません。

冒頭でも述べたとおり、遠くの何かを眺めるとき、私たちは、おおむね客観的になります。「対岸の火事」などといいますが、遠くの人の身に起きたことは、「私達には関係ない」「他人事」と思われやすいのです。

場面全体を見ることができれば、そこで何が起きたのか、どんな事件が進行しているのかがわかります。**一人ひとりの人物にさほど感情移入しなくても、読者は事件そのものに感情移入して楽しむこともできる**のです。

昔話や神話、伝承、歴史小説や戦記ものは、俯瞰視点で語られることが多いですが、面白く読むことができますよね？

また、古くはアイザック・アシモフのＳＦ作品や、マイケル・クライトンの『ジュラシック・パーク』シリーズのように、独自の世界設定や、そこで起きる事件そのもので読者を楽しませるタイプのお話にも、俯瞰視点は向いているといえるでしょう。

『ジュラシック・パーク』
著：マイケル・クライトン
ハヤカワ文庫NV

視点と距離 ～その2・ビハインドビュー～

続いて、次の文章を読んでみてください。内容は前の続きですが、視点の位置を変えてあります。

白いピエロは、玉に乗ったまま、赤いピエロを追いかけ始めました。鬼ごっこの始まりです。白いピエロは何度も赤いピエロに追いつきそうになりますが、あと少しのところで捕まえることができません。しびれをきらした白いピエロは、とうとう、玉の上ではずみをつけて飛び上がると、赤いピエロに組みつこうとしました。しかし今度も狙いははずれ、白いピエロは綱を踏み外してしまいました。

いかがでしょう。今度は、読者であるあなたの視線は、白いピエロだけを追っていたのではないでしょうか。なぜなら、書き手である私が、**この文章のほぼ全部の主語を「白いピエロ」に固定しているから**です。

三人称で、作中のある人物だけに焦点を絞って書く書き方を、本書では**ビハインドビュー**と呼ぶことにします。読者が、特定の人物の背後（ビハインド）から物語の世界を眺めているようなイメージだからです。このように、読者の視点を担う役割をする登場人物を**視点人物**といいます。視点人物は同時に主人公でもあることが多いですが、主人公は別にいるケースもありますので、ここでは分けて覚えるようにしてください。

ビハインドビューでは、読者と視点人物との距離がぐっと近づきますから、読者は視点人物にも、視点人物が体験する事件にも、ずっと感情移入しやすくなります。

このように使い勝手のいいビハインド

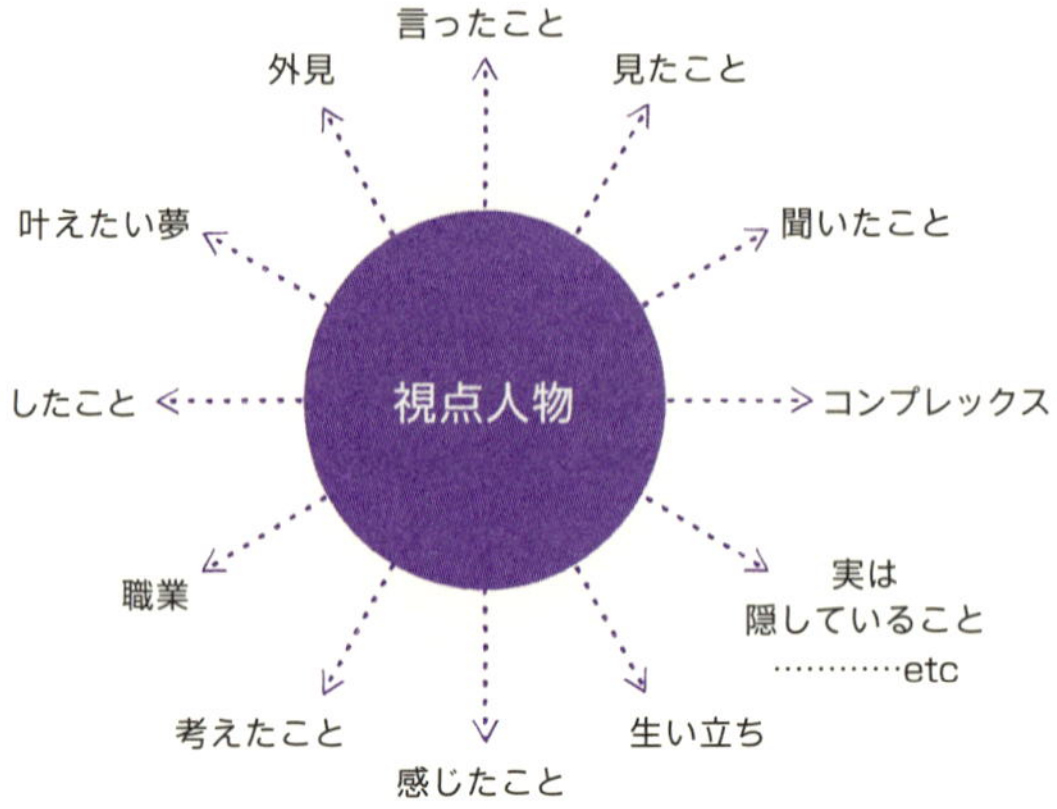

視点人物の情報を多く語るほど、感情移入しやすくなる

ビューですが、注意点もいくつかあります。まず、**視点人物についてはオールアラウンドに語り、それ以外の人物の描写は、視点人物に関係する部分だけにとどめること。**

視点人物の外見や性格はもちろん、これまでどんな人生を送ってきたか、今何をし、何を感じ、どんなことを考えているのか、これから何をしたいのか、など、できるだけ詳しく語ることで、読者はこの人物に感情移入しやすくなります。しかし、その他の人物まで同じ密度で描写してしまうと、視点人物が不明確になったり、話が脇道にそれたりしてしまうので気をつけましょう。

続いて、**視点の書き分け**です。**視点人物の内面は直接書き、その他の人物については、**

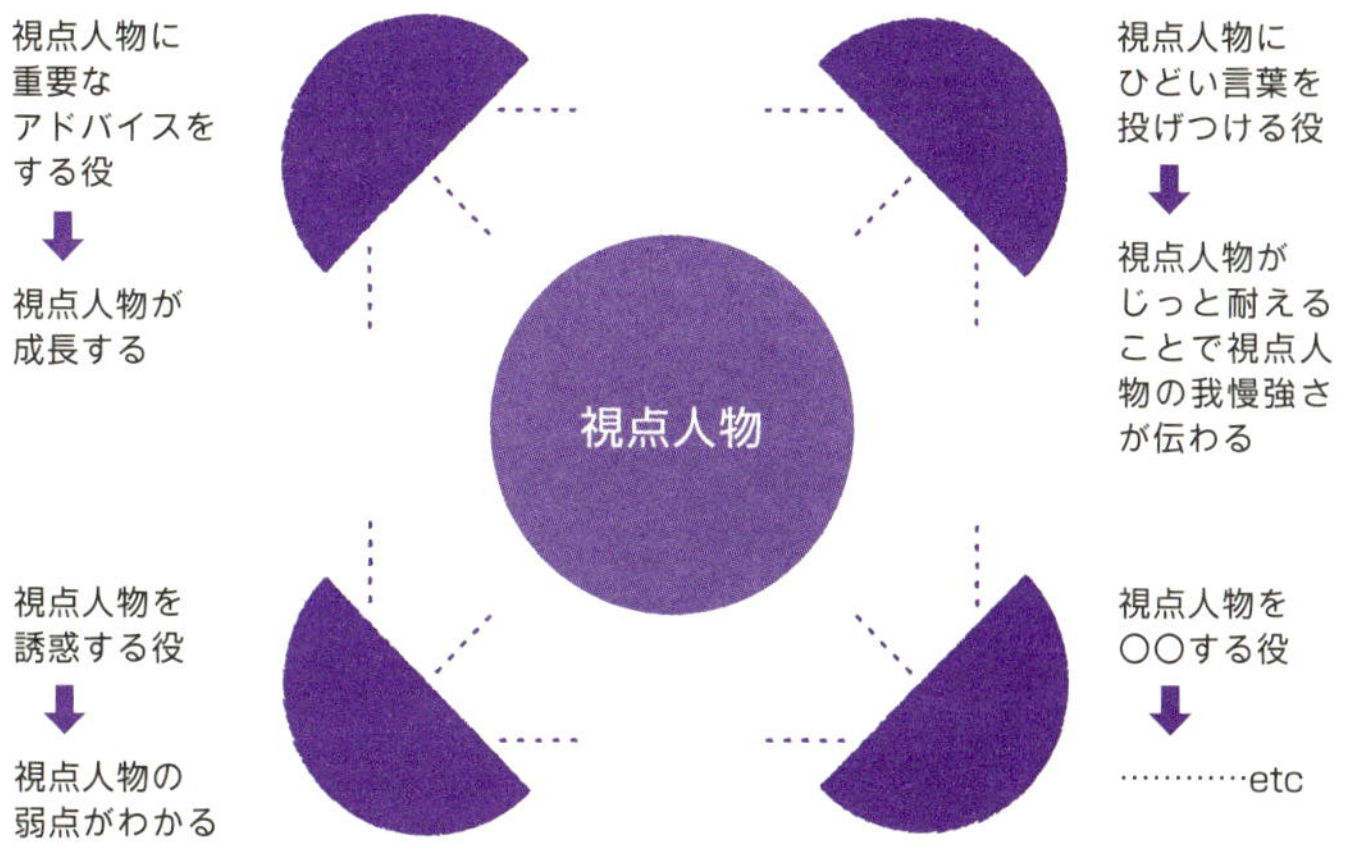

脇役は視点人物を照らすライトのように使う

「視点人物が見聞きできることだけ」を書くように心がけてください。どういうことかといいますと、

白いピエロはあわてて綱にしがみつきました。

傍線部分は、白いピエロの内面です。このように内面を直接書くことで、読者は視点人物である白いピエロに感情移入できます。ところが、この文章のすぐ後に、

赤いピエロは（ざまあみろ）と思いながら、その様子を眺めていました。

などと書いてしまうと、視点の混乱が起こります。傍線部分では、赤いピエロの内面が直接書かれているため、一時的に赤いピエロが視点人物のように読めてしまうからです。

このようなケースでは、たとえば、

赤いピエロは（ざまあみろ）とでも言いたげに、その様子を眺めていました。

というふうに、白いピエロの目にはそう見えた、という書き方にしてください。

もちろん、視点人物をどうしてもひとりに絞れないケースもあるでしょう。群像劇、あるいはグランドホテル方式のお話がこれに当たります。同じ時間に起きている別々の事件を、様々な人物の視点から並行して描くやり方です。

このようなケースでは、視点人物ごとに場面や章を分ければ、読者にわかりやすく、読みやすい話になります。

視点と距離 ～その3・一人称～

続いて、次の文章です。


（まずい！）

そう思ったときには、おれは足を踏み外し、綱から片手でぶら下がっていた。

赤いピエロに扮したタナカが、にやにやしながら近づいてくる。

「惜しかったなあ」

タナカはおれを見下ろして言った。

「悪いが、こいつはいただいていくぜ」

やつが持っているお手玉の中には、おれたちが苦労して盗んだ、世界で最も美しいといわれるスターサファイア、『無限の銀河』が隠されているのだ。


いかがでしょう。読者であるあなたの視点が、「おれ」――すなわち白いピエロと一

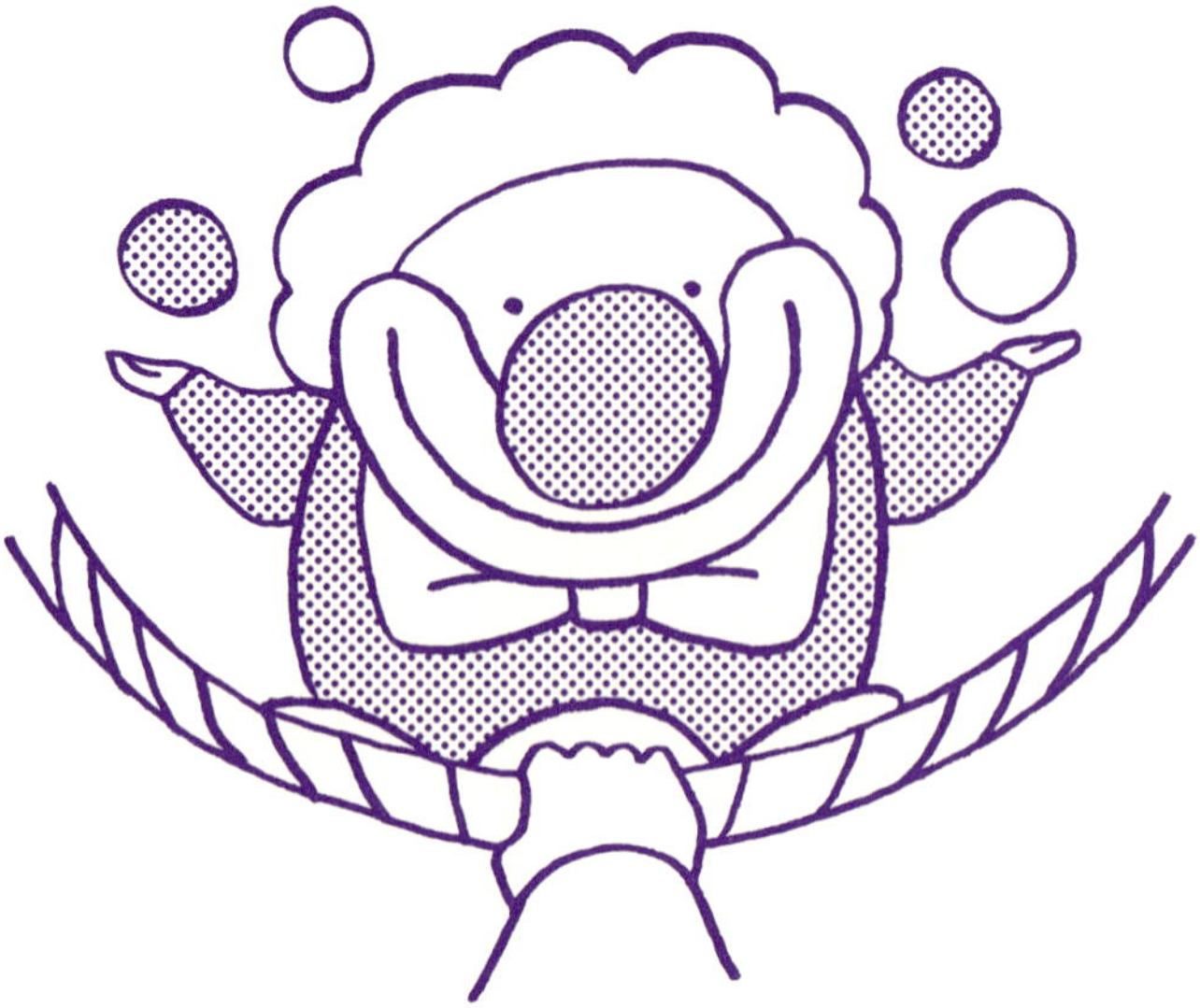

体化しているのがわかりますか？

これが**一人称視点**です。読者の視点は視点人物の視点と完全に一致し、視点人物の主観を通して作中の事件を体験するので、感情移入の度合いは格段に大きくなる一方、①視点人物のいない場所で起きた出来事は、リアルタイムで見聞きできない。②視点人物が知らない、あるいは気づいていない事実は、読者も知ることができない。といったデメリットも出てきます。

ちなみに、推理小説では、このような一人称視点のデメリットを利用したトリックがよく出てきますので、興味のある方は探してみてください。

「距離感」「視野」「感情移入」の関係を簡単

	距離感	視野	感情移入
俯瞰《ふかん》視点	遠い	広い	しにくい
ビハインドビュー	近い	狭い	しやすい
一人称	非常に近い	非常に狭い	非常にしやすい

にまとめると、上の表のようになります。

直接視点と間接視点

視点には、距離以外にも分類方法があります。

次の2つの文を読んでみてください。

A おれはそのとき、確かに見た。世界で最も美しいといわれるスターサファイア『無限の銀河』の中心に、ひとりの少女がとらわれているのを。

B 噂では、『無限の銀河』の中心には、ひとりの少女がとらわれているという。

いかがでしょう。Aの文は「おれ」が直接見聞きしたこととして書かれ、Bは噂として間接的に聞いたこととして書かれています。

内容は同じでも、AのほうがBより真実味があり、インパクトも強い感じがしませんか？

読者に感情移入してもらうためには、**視点人物を傍観者にしない**ことがとても大切です。**視点人物は極力動かし、重要な事件や情報は、必ず視点人物が直接見聞きする**ようにして、読者にも体験させてあげましょう。

見方を変えれば話も変わる

誰を視点人物にするかは、お話を語る上で非常に重要です。

ある事件があったとして、被害者側から語られる話と、加害者側から語られる話は、内容も、聞き手に与える印象も全く違いますよね？

特に、前項でご紹介したビハインドビューや一人称視点では、

●視点人物が見聞きできる範囲が限られる＝読者が得られる情報が限られる
●視点人物の主観が読者の印象を左右しやすい

という特徴がありますから、登場人物Aから見ればごく単純な話でも、登場人物Bから見れば複雑怪奇な物語に変化する、ということは十分ありうるわけです。

あなたのプロットが、今ひとつ面白くない、ありきたりだ、と感じたときは、「同じ話を、別の人物の立場から語ってみたらどうだろう？」と考えてみると、思いがけず面白くなるかもしれません。

例えば先ほどのピエロの話も、視点人物を、①観客 ②赤いピエロ ③2人のピエロを追う刑事に変えるだけで、ストーリーも雰囲気もまったく違うプロットができあがるはずです。

距離と視点の感覚、なんとなくわかってきましたか？

それでは、この章でも実習にチャレンジしてみましょう。

【実習8】桃太郎の物語を犬・サル・キジなど、桃太郎以外のキャラクターの視点から書き換えてください。

いきなりプロットを書くのが難しい方は、以下のストーリーラインをベースに、変更部分を書き換えるだけでも結構です。

◆**川を流れてきた桃から赤ん坊が生まれ、桃太郎と名づけられる**
◆**大きくなった桃太郎は、鬼ヶ島へ鬼退治に行こうと決意する**
◆**鬼ヶ島に向かう桃太郎は、キビ団子をあげて、犬・サル・キジを仲間にする**
◆**桃太郎一行は鬼ヶ島に到着する**
◆**桃太郎一行は鬼を退治して故郷へ帰り、めでたし、めでたし**

本書をお読みの皆さんも、ぜひ挑戦してみてください。いいですか？

用意――スタート！

……できましたか？

それでは、生徒さんたちの作品を見てみましょう。

作品例・11

シロの物語

◆子犬のシロは、生まれてまもなく、山で鬼に母親を殺され、お腹を空かせて鳴いているところをおじいさんに拾われた。同じ日、おばあさんは洗濯に行った川べりで、やはり鬼に母親を殺された赤ん坊を拾う。赤ん坊のおくるみには「桃太郎」と書かれていた。

◆シロと桃太郎は、おじいさんとおばあさんのもとで兄弟のように仲良く育つが、ある日、村が鬼の一味に襲われ、おじいさんもおばあさんも殺されてしまう。シロと桃太郎は復讐を誓い、鬼退治の旅に出る。

◆旅の途中、シロたちは不思議なキジから「鬼の本拠地は鬼ヶ島にある」と告げられ、鬼ヶ島を目指す。

◆数日後、目つきの悪い毛むくじゃらの大男が「鬼ヶ島に行くなら道案内してやる」と強引に仲間に入ってくる。「大猿」と名乗ったこの男を、シロはどうしても好きになれないが、お人よしの桃太郎はすっかり信用しているようだ。

◆長旅の末、シロたちは鬼ヶ島に到着する。島には確かに鬼の住処らしい洞穴があったが、中はもぬけの殻だった。そのとき、ふいに大猿が襲いかかってくる。大猿の正体こそシロと桃太郎の母を殺し、おじいさんとおばあさんを殺した鬼だったのだ。

◆シロと桃太郎が力を合わせて鬼を倒すと、そこへ再び不思議なキジが現れて「よくやりましたね」と2人をねぎらう。その声はシロを守って死んだ母犬の声のようにも、桃太郎の実の母のようにも、おばあさんの声のようにも聞こえたのだった。

ありがとうございました。犬のシロのビハインドビューで書かれた桃太郎ですね。主要な文の主語をシロにしているので、読者の視点がぶれることなく、シロがきちんと視点人物になっています。

また、キジとサルを単純な旅の仲間にせず、キジをシロたちの援助者ポジションに、サルをボスキャラにもってきたところも、独自の工夫が見られていいですね。

欲をいえば、シロのキャラクターが今ひとつよくわからなかったのが残念でした。「大猿を好きになれない」という描写はありましたが、なぜ好きになれなかったのか。たとえば彼の体臭がおかしいと感じた、とか、動物の直観で、こいつは人間ではないと瞬時に悟ったなど、犬ならではの特性を生かしたエピソードがあると、もっとよかったかもしれません。

一緒に育った桃太郎との関係も、「兄弟のように仲良く育つ」とありますが、シロと桃太郎、どちらが兄貴分だったのか？　とか、どんなところで気が合い、どんなところが喧嘩の元になったのか？　とか考えていけば、面白くできそうな要素はまだまだたくさんありそうです。

せっかく視点人物を変えたのですから、その人物ならではの立場や価値観、物の見方を想像しながら、元のお話がどう変化するか感じとってみてください。

もうひとつ、他の方の作品も見てみましょう。

作品例・12
禁忌の島

新月の夜は、決して浜辺に火を灯してはならない。

禁を破れば、海から「……」がやってくる。

トキの住む島に伝わる、それは古い言い伝えだった。

「なあ、おじい。禁を破ると、海から何が来るっていうんだ?」

「またその話か、トキ。何度も言ったろう。恐ろしいもんだ」

「恐ろしいものって何だよ。サメか?」

「うんにゃ」

「じゃあ何なんだよ」

トキの祖父は、決まってそこで口を閉ざす。かつて、島一番の勇者だったという祖父の体には、背中といわず腹といわず、無数の傷が残っている。島の古老の話では、それは祖父が海からきた「……」と戦ったためだという。

島には他にも禁忌があった。

浜に流れ着いた生き物は、食うか殺して埋めねばならない。

漁に出るのは、島の沖にぽっつり浮かぶ「ばばさ岩」の手前まで。その先へは決して出てはならない。

だがトキは知っていた。ばばさ岩によじのぼり、はるか遠くを見渡すと、うっすらと陸地が見えることを。だがそのことを祖父に言うと、祖父はそれまで見たこともないほど怒り、トキの顔が腫れ上がるまで殴り続けた。

ある日、トキは浜辺でひとりの若い女を見つけた。乗っていた船が難破し、ここへ流れついたという。

「白桃」と名乗るその女を、トキは誰にも言わず、海辺の洞窟にかくまってやる。白桃は美しい女だった。トキは一目で白桃に恋をし、自分の妻にしたいと思う。だが白桃はといえば、一刻も早く故郷に帰りたがるばかりで、トキのことなど見向きもしない。

思い余ったトキは、「もしもおまえを故郷に連れていくと約束したら、おれの妻になってくれるか」と白桃に訊ね、白桃はこれを承知する。

トキは白桃に頼まれるまま、禁を破って新月の晩に浜辺で篝火をたく。

すると、次の満月の夜、海からひとりの若武者と、犬と猿とキジを乗せた船がやってくる。

「何と。ここが伝説の鬼ヶ島か」

言うなり、若武者は刀を抜いてトキに切りつけた。

「鬼めが。これが姫さまをさらった罰じゃ」

薄れゆく意識の中で、トキはついに島に伝わる禁忌の意味を悟ったのだった。


はい、ありがとうございました。鬼ヶ島に隠れ住む鬼？　の立場から書かれた桃太郎ですね。

視点人物であるトキの見聞きしたことや、行動の動機がきちんと説明されており、非常に読みやすいプロットに仕上がっています。

このプロットを読んだ皆さんは、最後に少しだけ登場する桃太郎より、主人公であり視点人物でもあるトキのほうに、より感情移入できたのではないでしょうか。

このように視点を変えることによって、読者の印象は大きく変えることができる、という実験でした。

いかがだったでしょうか。ここまで、

2 文体
3 登場人物のキャラクター
4 ジャンル
5 視点

の5つの要素を変えることで、同じストーリーラインが様々に変化し、それによって読み手の印象も大きく変わる、ということを体験できたことと思います。

次章では、同じく、読み手の印象を大きく左右する**伏線**について学んでいきましょう。

memo

RECIPE

9

伏線の張り方・使い方

前章まで、お話の構成要素を変えることで、プロットが様々に変化する様子を皆さんに体験していただきました。

本章では少し趣向を変えて、伏線についてお話ししたいと思います。

伏線とは何か

本書でいう伏線とは、**お話の後のほうで起きる出来事を、前もって読者にそれとなく知らせておくテクニック**のことです。

こうすることで、私たち書き手は、読者に「なるほど、あれはこういうことだったのか！」という**納得感**や、「まさか、あの出来事がこんなふうに効いてくるなんて！」という**快い驚き**、あるいは、「そんなことをしたら、絶対、何か悪いことが起きてしまう……」という**ハラハラ感**などを味わわせることができます。

読者に与える影響によって伏線を分類すると、おおむね次のようになります。

●意外性の伏線
●サスペンスの伏線
●メッセージやテーマの伏線

以下、順番に見ていきましょう。

準備の伏線　原因―結果をわかりやすく

準備の伏線は、後に起きる出来事の**原因や理由**を、読者に事前に伝えるために使います。こう書くとなんだかややこしそうですが、実は皆さんも日常的に使っているテクニックです。

たとえば子どものころ、学校に行きたくないときに、朝から何となく具合の悪そうなそぶりを見せてから、おもむろに「学校、休みたいんだけど……」と切り出したりしませんでしたか?

あるいは自分が何かしくじったけれど、それを素直に認めたくないとき、「時間がなくて」とか「××さんがちゃんとしていてくれれば」など、まず言い訳をしてから人に話していませんか？

このときの「具合の悪そうなそぶり」や「言い訳」のような**前振り**部分が伏線パート、「（だから）学校を休みたい」「（だから）失敗した」という**結論**部分が伏線の回収パートです。

前もって聞き手に理由を提示しておくことで、後に起きる出来事との因果関係を無理なく**納得**してもらうわけですね。

主人公が必殺技を習得（前振り）⇩**ライバルとの対決で、必殺技で勝つ**（結論）
主人公の敵が毒薬を買う（前振り）⇩**主人公のグラスに毒を入れる**（結論）
主人公は極度のアガリ症（前振り）⇩**大事な場面で失敗する**（結論）

これらは、いずれも準備の伏線です。準備の伏線は、**原因―結果の関係が明白でわかりやすい**のが特徴です。言い換えれば、伏線が張られた時点で、読者は自然に結果を予測できるということです。

主人公が必殺技を習得↓ここぞというときに、この技を使うだろう。
主人公の敵が毒を買う↓その毒を主人公か、その周囲の人間に使うだろう。
主人公は極度のアガリ症↓いずれ、そのせいで失敗するだろう。

皆さん、大体このような感じで展開を予想されるのではないでしょうか。

意外性の伏線　さりげなく仕込む

原因―結果の因果関係がわかりやすい準備の伏線に対し、**意外性の伏線**は、伏線部分を読んだだけでは、それが後々どう効いてくるのかわからなかったり、読者の予想を裏切るような展開をしたり、あるいは回収パートを読むまで、それが伏線だったことすらわからないように、さりげなく仕込まれるのが特徴です。

主人公がちらりと目にした人や物（仕込み）⇩**後になって、その人や物が、事件の重要な鍵だったことがわかる**（回収）
主人公の敵が毒を買う（仕込み）⇩**その毒を使って主人公を助ける**（回収）

主人公には一番の味方（あるいは最大の敵）がいる（仕込み）⇩**実はその人物こそが最大の敵（あるいは一番の味方）だったとわかる**（回収）

意外性の伏線を最大限に生かすには、**仕込み部分をいかにさりげなく、地の文や設定に埋め込むか**が重要になってきます。私自身がよくやるのは、まず結果部分を書いてから、**逆算**して仕込みを埋め込む方法です。あるいは、前半部分であまり見せ場がなかったキャラクターや設定を、推敲の時点で「ここまで目立たないんだから、きっと読者の印象にも残っていないに違いない」と、これ幸いと伏線に転用したこともありました（笑）。

サスペンスの伏線　状況と感情の両方からつくる

続いて**サスペンスの伏線**ですが、これは前著『7つのレッスン』や『5つのテンプレート』でもご紹介した**サスペンス**のテクニックの応用です。皆さん、サスペンスの構造は覚えていますか？

——そう、**「予告」と「中断」**でしたね。

このままお話が進んでしまうと、絶対に何かまずいことが起きますよ、と読者に予告しておいて、さっと場面を転換する。あるいは作中で流れる時間を一気に先に飛ばしてしまう。そうすることで、読者は「えっ、さっきの続きはどうなったの?」と否応なく好奇心をかきたてられ、ページをめくらずにいられなくなる。

というのが、サスペンスの基本構造でした。

もともと「予告」と「中断」の2つのパートに分かれているサスペンスと、「前振り・仕込み」⇩「回収」という2つのパートをもつ伏線とは、構造的に相性がいいのです。

ひと口にサスペンスといっても、様々な種類があります。ここでは次の3つをご紹介しましょう。

●状況で作るサスペンス

●感情で作るサスペンス

●状況と感情の両方から作るサスペンス

状況で作るサスペンスでは、予告部分で、お話の登場人物を、**誰の目にも明らかに危険とわかる状況に追い込みます。**たとえば、「椅子に縛りつけられた主人公の目の前で、時限爆弾のタイマーがカウントダウンを始める」とか「絶壁からロープ一本でぶらさがっている人物の、そのロープが今にも切れそうになっている」などがこれに当たります。

「カウントダウン中の時限爆弾」や「切れそうなロープ」は、私たちの**外側**で起きる事柄です。つまり、登場人物の内面はどうあれ、周囲の状況がまずい・危険である、というシチュエーションを作るのが、状況で作るサスペンスの第一段階、予告部分です。

予告が済んだら場面を転換・中断するなどして、少ししてからその状況がどうなったのか――爆弾は本当に爆発したのか、ロープは果たして切れたのか、といった結末を書いて、サスペンスの伏線を回収します。

一方、**感情で作るサスペンス**は、予告部分で「嫉妬」や「憎しみ」など、登場人物の**内面の感情を危機に追い込みます。**「一見、平和な家庭だが、実は夫が妻に殺意を抱いている」とか「主人公が何気なくとった行動が、知らないうちに相手の恨みを買ってしまう」などがこれに当たります。

周囲の状況はどうあれ、登場人物の内面が危うい・一触即発である、というシチュエーションを作るわけですね。

このように**煮詰まった感情が、最終的にどのような行動として表れたか、**というのが、このタイプの伏線の回収パートになります。愛や憎しみのような感情は、外側からはうかがい知ることはできません。なので、必ず「行動」という形で読者に見せてあげる必要があるのです。

続いてご紹介するのは、**状況と感情の両方から作るサスペンス**です。これは読んで字のごとく、状況のサスペンスと感情のサスペンスの合わせ技です。外面の状況もまずいし、その状況に関わる人物の内面も一触即発である、というシチュエーションを作るわけですね。

特に統計をとったわけではありませんが、このタイプのサスペンスの**予告部分は、二段構え、三段構えになることが多い**ようです。

たとえば、

ヒロインの妹は、姉に強烈なコンプレックスを抱いており、昔からことあるごとに姉の邪魔ばかりしていた。

というのは、ヒロインの妹の**感情**で作るサスペンスの予告部分です。

その後、妹はヒロインの恋人と駆け落ち同然に家を出て行方をくらます。ヒロインは深く傷つくが、トラブルメーカーの妹が去った後の日々は、それなりに平穏に過ぎていった。

このように、いったん**中断**パートを入れてから、

数年後、ヒロインは理想的な男性と知り合い、婚約するが、ある晩、レストランで彼とデート中に妹と鉢合わせしてしまう。

こう続けると、先の感情で作ったサスペンスの予告部分に加え、**状況**でもサスペンス

の予告をしたことになります。「妹はことあるごとに姉の邪魔をする」と知っている読者は、この状況がヒロインにとってあきらかにまずい、とわかりますから、「この先どうなるんだろう？」と興味を惹かれるわけです。

このように予告パートを作ったら、再び中断してサスペンスを盛り上げます。

ヒロインは妹を警戒するが、いつもならすぐにちょっかいを出してくるはずの妹は、ヒロインの恋人を「ご立派だけど、ちっとも魅力的じゃない」と馬鹿にしてハナもひっかけない。

このように「きっと何かあるだろう」と期待する読者に、いったん肩透かしをくわすのもいいですし、

妹と鉢合わせした直後、恋人の親友が事件に巻き込まれたと連絡が入り、ヒロインと恋人はその解決に奔走する。

のように、まったく違った事件を起こして中断してもOKです。その事件についてひとしきり書いた後で、

恋人は、親友のために優秀な仲介業者を探す。同僚が「いい人間を知っている」と彼に紹介したのは、なんとヒロインの妹だった。

などと続ければ、これまたサスペンスの予告部分になります。

いかがでしょう。このように、あらかじめ登場人物の中に**モメそうな感情**を仕込んでおき、**状況を作って場面を緊迫させる**。さらにその状況を進展させてハラハラ感を増していく……。というのが、**状況と感情の両方から作るサスペンス**です。

メッセージやテーマの伏線

繰り返し提示することで印象づける

最後に、**メッセージやテーマの伏線**についてお話ししましょう。物語を通じて、読者に強く伝えたいテーマやメッセージがあるときは、ぜひこのテクニックを使ってみてください。

これまでご紹介してきた伏線は、いずれも「仕込み・前振り」⇩「結論・回収」という形式をとってきました。これに対し、メッセージやテーマの伏線は、**「提示」**⇩**「再提示」**あるいは**「提示」**⇩**「再提示」**⇩**「再提示」**のような形で繰り返されるのが一般的です。

たとえば、2009年からTBS系で放送されたドラマ『JIN-仁-』では、「神は、乗り越えられる試練しか与えない」という台詞が、さまざまな登場人物の口から繰り返し語られます。作中で誰かが大きな困難に直面し、くじけそうになったとき、その人のかたわらに寄り添う人が、この台詞を言う。言われたほうは、その言葉と、何よりその言葉を贈ってくれた人に励まされて困難を乗り超える。ドラマの全期を通じて、このような展開が何度もありました。これなどは、非常に力強く、わかりやすいメッセージの伏線の使い方です。

メッセージやテーマを読者に伝える手段は、言葉だけではありません。たとえば、

貧しい女の子が、冷たい雪の降る夜に、窓越しに暖かい

『JIN-仁-』
TVドラマ
TBS

家族の団らんをのぞき見る。そこには立派なクリスマスツリーが飾られている。女の子の両親は不仲で、狭いアパートの部屋にはツリーなど飾られたことがない。

数年後、高校生になった彼女は、小雪がちらつく中、白い息を吐きながらバイトで走り回っている。街の広場には、華やかにライティングされたクリスマスツリー。その周りで家族連れがはしゃいでいる。

さらに数年後。大人になった彼女はスーツ姿で街を歩いている。通り過ぎた店のウィンドウには「メリー・クリスマス」の文字とクリスマス・リース。そんなものには目もくれず、うつむき加減で家路を急ぐ彼女。アパートのドアを開けると、部屋は暖かく照らされており、夫と2人の子供たちがクリスマスツリーの飾りつけをしている。彼女の表情がゆっくりと、幸せそうにほぐれていく。

こんなふうに描写を重ねれば、クリスマスツリーはただの小道具ではなく、ヒロインが追い求める暖かさや幸福な家庭の象徴――テーマになります。

このように、**ひとつの言葉や、テーマを象徴するアイテムを、同じシチュエーションや意味合いで繰り返し使う**のが「提示」⇩「再提示」形式です。

以上、この章では、さまざまな伏線についてお話ししてきました。
それでは、この章でも実習にチャレンジしてみましょう。

［実習9］桃太郎の物語に、①準備の伏線、②意外性の伏線、③サスペンスの伏線、④メッセージやテーマの伏線、のいずれかを入れて書き換えてください。

いきなりプロットを書くのが難しい方は、以下のストーリーラインをベースに、変更部分を書き換えるだけでも結構です。

◆川を流れてきた桃から赤ん坊が生まれ、桃太郎と名づけられる
◆大きくなった桃太郎は、鬼ヶ島へ鬼退治に行こうと決意する
◆鬼ヶ島に向かう桃太郎は、キビ団子をあげて、犬・サル・キジを仲間にする
◆桃太郎一行は鬼ヶ島に到着する
◆桃太郎一行は鬼を退治して故郷へ帰り、めでたし、めでたし

本書をお読みの皆さんも、ぜひ挑戦してみてください。いいですか？
用意――スタート！

……できましたか？

それでは、生徒さんたちの作品を見てみましょう。

作品例・13

意外性の伏線

◆村はずれの桃の木の下で赤ん坊が見つかり、桃太郎と名づけられる。その年、村には他に４人の子供が生まれていた。猟師の息子・猿助、木こりの娘・おいぬ、神主の息子・キジ彦、そして庄屋の跡取り息子、直治である。

◆5人の子供たちは仲良く育つが、村の暮らしは厳しかった。この地方一帯を支配する殿様が、「鬼」と仇名されるほどの暴君だったからだ。特に庄屋の跡取りである直治は、この事態を真剣に悩み、16歳になった年、ついに殿様に直訴することにする。

◆この時代、直訴した者は斬首される決まりである。桃太郎たちは何とか直治を思いとどまらせようとするが、彼の決意が変わらないと知ると、一緒に殿様のところへ行くことにする。

◆桃太郎一行は殿様の城下町に到着するが、長旅の疲労がたたって直治が高熱を出してしまう。おいぬが直治を看病している間に、桃太郎は直治の服を着て訴状を持ち、ひとりで殿様の城へ向かう。

◆運悪く、その日は殿様が狩りに出ていて留守だった。だが、後から追ってきた猿助が猟師の経験と勘で居場所を突き止め、口の達者なキジ彦がご家来衆を口八丁で丸め込んだおかげで、無事に殿様に訴状を渡すことに成功する。

◆桃太郎と猿助、キジ彦は掟に従い斬首となったが、訴状の件は承諾され、村の年貢米は下げられた。

◆直治とおいぬは村に戻り、桃太郎たちの菩提を終生とむらったという。

ありがとうございました。冒頭からいきなり原作にないキャラクターを登場させ、読者に「おっ?」と思わせる演出ですね。扱う内容も「直訴」や「年貢」など、これまでの実習にないパターンで、面白く読ませていただきました。

ただ、この書き方ですと、伏線の条件である「仕込み・前振り」⇩「回収」という構造にはなっていないように感じます。

書き手の方が狙った意外性は「桃太郎+犬・猿・キジのパーティに、予想外の4人目がいる。しかもその4人目がリーダー格である」という点かと思います。しかし、冒頭で早々とその設定を出してしまったため、肝心の回収部分が今ひとつというか、結局、直治は何のために出てきたの? というキャラクターになってしまっているのが惜しいですね。

意外性の伏線は、**仕込み部分はさりげなく、回収部分が意外な展開**になるように書いていきます。このプロットの流れで作るなら、たとえば、捨て子だった桃太郎が、実は殿様の隠し子だったことがわかるとか、村の年貢をつり上げていたのは、実は殿様ではなく庄屋だった、というふうに、後から意外な展開にもっていくようにすれば、課題に沿った書き方になるでしょう。

もうひとつ、別の作品も見てみましょう。

メッセージやテーマの伏線

桃太郎は両親を知らない。赤ん坊のころ、川で洗濯をしていたおばあさんが、小舟に乗って流れてきた桃太郎を見つけ、拾って育ててくれたからだ。

今も桃太郎の家に残るその舟は、2つに割れた桃のような形をしている。

「お前はきっと、桃の里で生まれたのだろう」

両親の話をせがむ太郎に、おじいさんはそう言った。

桃の里とは、おじいさんが柴刈りに行く山のさらに奥まったところにあるという隠れ里だ。そこは、昔、戦に敗れた武士たちがひそかに作り上げた桃源郷とも、恐ろしい鬼どもが住む鬼の里ともいわれていた。

「だが、お前がどこで生まれようと、お前は私たちのいとしい息子だよ」

その言葉どおり、おじいさんもおばあさんも桃太郎を可愛がってくれたが、桃太郎はどうしても納得がいかない。

自分の両親は誰なのか。

どうして、自分は川に流されたのか。

成長した桃太郎は、自分の出生の謎を解くために、桃の里を目指して旅に出る。

桃の里へ続く道には、凶暴な山犬の群れが巣食う険しい山や、もの言う猿が住む森や、人を惑わす美しいキジの精が住む谷があったが、桃太郎はそのことごとくを従え、忠実な山犬、賢い猿、そして美しいキジの精を家来にして、ついに桃の里にたどり着く。

そこで桃太郎たちが見たものは、とうの昔に疫病で全滅した里の廃墟だった。

ある家の中で、桃太郎は、2つに割れた桃のような形の小舟を見つける。それは小舟ではなく揺りかごだった。おそらく、ここが桃太郎の生まれた家なのだろう。だが本当の父も、本当の母ももういない。

淋しさに泣く桃太郎が、桃の揺りかごに手をかけたとき、ふと、懐かしい声が耳もとで聞こえたような気がした。

——お前がどこで育とうと、お前は私たちのいとしい息子だよ……。

はい、ありがとうございました。桃太郎のルーツ探し、という変わった視点で書かれたプロットですね。「お前がどこで生まれようと（育とうと）、お前は私たちのいとしい息子だよ」というメッセージが、提示⇩再提示の手順で繰り返され、きちんと読者に伝わっていると思います。課題とは関係ありませんが、桃太郎が自分のルーツを知るために旅に出るまでの心の動きも、読者にわかりやすく書かれていました。

以上、読者に納得感や驚き、意外性をもたらすことのできる伏線についてお話ししました。

ここまで、「書きたいのに書けない」を解決するために、あなたのプロットをどのように考えるか、というテクニックをいろいろとご紹介してきました。

とはいえ、いくらプロットをいじっても、どうしても書けない、書く気になれないという時期は必ず、そして何度もやってきます。

次章では、そうした**気分の問題**について、私が日ごろ心がけている方法をご紹介したいと思います。

memo

SPECIAL RECIPE

「書ける」モードを作る10の秘薬

どんなに技術を勉強していても、日頃から研鑽を積んでいても、それでも「今日はどうしても書く気になれない」「気力が湧かない」という日はあるものです。

本章では、そんな「書けない」モードを「書く」モードにシフトチェンジするために私が日頃やっている、ちょっとした小技や考え方をご紹介したいと思います。

最初から順に読むもよし、ページをぱらぱらめくりながら、今の自分に関係ありそうな項目だけ拾い読みするもよし。

この章を読んで、あなたの「書けない」が、少しでも「書ける」に変われば幸いです。

「とりあえず触る」だけでいい

いつもはさくさくできることも、心や体が不調なときは、取りかかることさえ億劫だったりします。そんなときは、**最初のハードルを極力低く設定**しましょう。

分厚い資料を読みこむのが面倒なときは、「とりあえず本を開くだけでいい」。

新しいお話なりプロットなりが浮かばないなら、「それ用のファイルを作って保存するだけでいい」。

書きかけの原稿がどうしても進まないなら、「今日のところは、これまで書いた分の推敲だけでいい」。

こんな感じで、**自分が確実にできるレベルまで、作業の難易度を下げて**みてください。

とにかく始めてしまうことで、「執筆モード」に入りやすくなります。

努力を時間で測らない

「一日5分でいいので、英会話のテキストを読みましょう」

「毎日30分、歩く習慣をつけましょう」――。

何かをするとき、私たちは、時間数を目標にすることがあります。あるいは、

「今日はがんばって4時間も書いた」

「一日中パソコンの前にいたけど、全然進まなかった」

というふうに、努力の量を時間で表現することもあります。

しかし、ここに大きな落とし穴があります。私たちには、調子のいいときと悪いときがあります。人として生きている以上、これは仕方のないことです。

あなたが絶好調のとき、1時間で100行書けるとします。不調のときは1行です。この場合、好調のときと不調のときの執筆量の差は100倍です。

では、そんなあなたが不調のときに、100行原稿を進めようとしたら、100時間パソコンに向かえばいいでしょうか。

それは違う、ということは、皆さん、経験的にわかっていると思います。

不調なときの1時間と、好調なときの1時間では、**内容も質も違う**からです。

好調なときは、1時間のほとんどを「原稿を書く」という作業だけに充てることができますが、不調なときはそうはいきません。

「どうして自分は書けないんだろう」「どうすれば書けるようになるだろう」などとぼんやり考え事をしたり、何かいいヒントはないかとネットサーフィンをしてみたり、書く以外のことにかなりの時間を割いているはずです。

それでもパソコンの前から離れられないのは、**「時間をかけた＝がんばった・一生懸命やった」という考え方が、無意識のうちに私たちの中にある**からです。

重要なのは結果を出すこと——ここでは、1行でも2行でも話を先に進めることです。

それができないコンディションなら、パソコンの前でだらだらするより、もっと効果的な休息を取りましょう。努力は「かけた時間」ではなく、「成果物の量と質」、すなわち**効率**で考える癖をつけることです。

今日の天気をチェックする

「どうも今日は気分が乗らない」

そんなときは、窓の外を見てみましょう。

晴れ、つまり高気圧の日は交感神経が優位になり、血圧や心拍数が上昇するため、気分は高揚しやすくなります。曇りや雨など低気圧の日は副交感神経が優位になり、血圧や心拍数が下がるため、リラックスした気分になりやすくなります。

要するに**高気圧も低気圧も、それなりに執筆に向いた天気ではある**わけです。にもかかわらず、

「そわそわしてじっとしていられない」

「気分が落ち込んで書く気になれない」

ということがあるのは、あなたの今の状態が、すでに高揚モードだったり、リラック

スモードだったりするからです。

もともと気分がいいときに、さらにテンションが上乗せされれば、そわそわして落ち着かなくなりますし、すでにリラックスしているのに、さらに力が抜けてしまえば、「体が重い」「だるい」と感じるようになります。

体調があまり良くないときは、気温や気圧の変化に調整機能が追いつかず、心身の調子を崩してしまうこともあるでしょう。

真面目な人ほど、やる気のなさを自分のせいにしてしまいがちですが、そんなときは、まず外の天気をチェックしてみてください。

「どうせ落ち着かないのなら、天気もいいし、取材をかねて出かけてみよう」

「天気が回復するまで、単純作業だけにしておこう」

というふうに、状況に合った対策を練ることもできるでしょう。

体感ストレスを減らす

ここでいう「体感ストレス」とは、部屋の温度や着ている衣服、BGMの音量など、

あなたの体が現在感じているストレスのことです。

暑すぎる、または寒すぎる部屋にいる。お腹周りがきついズボンや、ちくちくするセーターなど、着心地の悪い服を着ている。人声やテレビの音がうるさい場所にいる……。

これらはいずれもストレスになり、集中力や創造性など、創作に必要なあなたのリソースを削っていきます。

冬、足のつま先が冷えてつらいのに、我慢してデスクに向かい続けたり、仕事をしようと出かけたカフェで、隣の人声がうるさくて仕方ないのに、「せっかく座ったんだから」と意地になって同じ席にい続けたり――。

私もよくやってしまうのですが、そんなときは、大抵、やる気も集中力も長続きしませんし、無理して書いても良いものにはなりません。

第一、靴下をもう1枚重ねるなり、さっさと席を移るなりすれば、簡単に快適さが手に入るのに、それをしないのはばかげています。脱ぎ着しやすい服で書き、自室ならこまめに室温を調整するなど、作業しやすい環境を積極的に作っていきましょう。

騒音対策としては、場所の移動ができないならば、今はノイズキャンセル機能のついたヘッドホンやイヤホンが様々なメーカーから出ています。

何より大切なのは、**自分の体の今の状態に敏感になる**ことです。

生徒さんたちを見ていて思うのですが、どうも、世の中には自分の体に敏感な人と、そうでない人がいるようです。同じ教室で授業を聞きながら、ある人は自然に上着を脱いだり着たりしているのに、別の人は、汗をかいたり、寒くて腕をさすったりしていても、すぐそこにある上着を取ろうともしない。

つらさや不快感を我慢するのが習い性になってしまっているのかもしれませんが、そこに気持ちのリソースを割いて、創作意欲が減退するくらいなら、手の届く快適さは、どんどん実現していきましょう。

マンネリ化した脳を刺激する

面白い話が浮かばないときというのは、おおむね次の条件のうち、ひとつまたは複数が当てはまるケースが多いように思います。

A　面白いものに触れていない

B　新しいものに触れていない

C　面白いものを「面白い」と感じられるコンディションにない

よほどの天才でないかぎり、何もないところから、いきなり面白いアイディアを思いつくことはできません。

あなたが何かを思いつくには、多くの場合「きっかけ」や「呼び水」が必要です。

自分好みの作品に出会ったおかげで創作意欲に火がついた、ということは、作家をめざすほとんどの皆さんが経験されていると思います。そういう意味で、**自分の好きな作品を読む**、というのは創作の呼び水として有効です。

しかし、最初はどれほど感動しても、似たようなものばかり読んでいては、そのうち脳が刺激に慣れて面白味を感じにくくなってきます。そうなる前に、**新しく自分の好みに合う作品を開拓して読む**ことで、マンネリ化した脳を活性化させましょう。

「好みの作品になかなか出会えない」

という人は、同じような場所ばかり探していませんか？　たまには違うジャンルの本を読んでみる、本だけでなく、映画やストーリー性のあるゲームをやってみるなど、あえて違う分野にも挑戦することで、可能性を広げてみてください。

「いろいろ試してみているが、何を見ても心が動かない」

という方は、今のご自分のコンディションに問題があるのかもしれません。

体調はいいですか？　睡眠は十分とれていますか？

特に若い生徒さんの中には、「徹夜で書く」とか「食事も忘れて書く」というのが、なんとなくカッコいい、すごいことのように思っている方もいらっしゃいます。でも、**睡眠不足や体調不良は、創作意欲にも成果物の質にも確実に影響します**。

皆さん、ご自身の健康に配慮しつつ、気持ちよくアイディアの浮かぶ脳を作っていっていただきたいと思います。

名人の文章をトレースする

書くことからしばらく遠ざかっていると、再開直後は勘が鈍っていたり、「いつものペース」になかなか戻らなかったりすることがよくあります。肩慣らしとして、それまで書いてきた部分を推敲したりする方も多いでしょう。

でも、自分の過去の文章を久しぶりに読み返したら、

●**以前は気づかなかった欠点が見えてきて、続きを書く気が失せてしまった。**

●**続きをどうするつもりだったか忘れてしまった。**

●**書き始めたときの高揚感が冷めてしまい、もうどうでもよくなった。**

などということも、ままあるのではないでしょうか。

このようなときは、**自分の好きな作家が書いた文章を書き写す**ことで、書く前の助走をつけましょう。エディタやワープロソフトに入力するのでもかまいません。

ちなみに私は、「杜子春」の冒頭部分が大好きで、折に触れては写してみています。

或春の日暮です。

唐の都洛陽の西の門の下に、ぼんやり空を仰いでゐる、2人の若者がありました。

若者は名は杜子春といつて、元は金持の息子でしたが、今は財産を費ひ尽くして、その日の暮しにも困る位、憐な身分になつてゐるのです。

何しろその頃洛陽といへば、天下に並ぶもののない、繁昌を極めた都ですから、往来にはまだしつきりなく、人や車が通つてゐました。門一ぱいに当つてゐる、油のやうな夕日の光の中に、老人のかぶつた紗の帽子や、土耳古の女の金の耳環や、白馬に飾つた色糸の手綱が、絶えず流れて行く容子は、まるで画のやうな美しさです。

「杜子春」芥川龍之介（青空文庫より引用）

これをただ写すだけでなく、ストーリーを進めている部分と、情景を描写している部分を色分けして全体のバランスを見たり、主人公のバックグラウンドをどの程度説明し、どの程度省略しているのかチェックしたり、旧仮名を現代仮名に直して、読んだときの違いを観察してみたり——そんなことをしているうちに、だんだん頭が刺激されて「執筆モード」になっていきます。

コツは、**あまり長く写さないこと。**これはあくまで準備運動です。先人の研究に夢中になっては、「書くモードになる」という本来の目的からずれてしまいます。

お手本にする文章は、明治の文豪でなくてもかまいません。ライトノベルでも、SFでも、日ごろ好きで読んでいる作家の作品から、好きなシーンを選んでみてください。

「あと5分」と決めて粘る

はかどらない仕事や原稿を前に、デスクに座り続けるのは、本当にキツいものです。ついついネットやSNS、ゲームや読書に逃げてしまい、結局全然進まなかった……なんていう経験は、皆さんにもあるかと思います。

「〆切が迫っているのに、どうしても原稿に手がつかない」

「パソコンを開いたはいいが、ついダラダラ過ごしてしまう」

そんなときは、タイマーを使って緊張感を高めてみましょう。キッチンタイマーでもかまいませんが、私はパソコン画面で起動する無料のタイマーアプリを使っています。

集中力が切れてきたな、と感じたら、このタイマーを5分にセットして、

「アラームが鳴るまではとにかく書く!」

と決めてスタートします。ルールは、

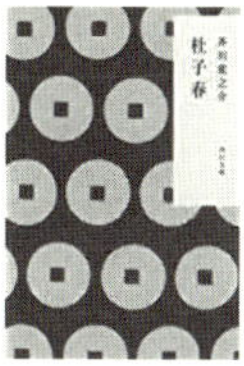

『杜子春』
著…芥川龍之介
角川文庫

①タイマーが鳴るまで「書く」以外のことをしない。

タイマーをセットする前に、スマホやゲーム機など、気が散りそうなものはどこかにしまっておきましょう。メールやメッセージの通知音、電話の呼び出し音なども切っておくことをお勧めします。

②たった一文字、たった一行でいいから書く。

完璧な文章でなくていい、コレジャナイ感があっていい。とにかくアウトプットして、目に見える形にしてください。すべてはそこから始まります。

③タイマーは鳴るまで見ない。

いったんタイマーをスタートしたら、鳴るまで見ないようにしましょう。残り時間を気にしていては、書くことに集中できません（そういう意味でも、スタートしたら最小化したり、隠したりできるタイマーアプリはお勧めです）。

実際に時間を区切ってやってみると、意外なくらい集中できることに驚くかもしれません。タイマーが鳴ったとき「もうちょっと続けてもいいかな」という気分になっていればしめたもの。もう一度5分にセットして、同じように書いてみましょう。

「あと5分」「あと5分」と続けているうちに、けっこうな分量が書けてしまいますよ。

コツは、タイマーを**5分以上にセットしない**こと。3分では短いですし、10分では途中でダレる可能性があります。5分ごとのタイマー音がうるさく感じるようなら、それはもう集中できている証拠。タイマーは切って、心ゆくまで書いてください。

もちろん、5分経っても何も書けない、集中できないときもあるでしょう。そんなときは、「今の自分は、5分集中することも難しいコンディションなんだ」と気持ちを切り替え、**今のコンディションでもできる、もっと簡単な作業から片づけて**いきましょう。

「できたこと」を可視化する

メンタルが落ちているときにやりがちなのが、**「できない」の拡大解釈**です。

「今日も何もできなかった」

というフレーズ、私もつい使ってしまうのですが、ちょっと考えてみてください。

あなたは今、少なくとも「この本を開いて読む」という作業はできているはずですし、そのレベルで考えていけば、「朝、起きる」「布団から出る」「顔を洗う」といった無数の「できる」の蓄積の上に、今のあなたがいるわけです。

そんな些細なことは「できる」のうちに入らない？

そうですね。**私たちはなぜか、落ち込んでいるときほど自分に厳しくしがち**です。

しかし、「できない自分」を責めれば責めるほど元気はなくなっていきますから、ここは何とか、気分を上げていきたいところです。

そんなときは、「今日すること」と「できたこと」を**リストアップ**してみましょう。

書き出す先は、メモ帳でもパソコンのファイルでも構いませんが、**書いた文字を二重線で消すか、チェックマークをつけるかできるもの**にしてください。私はアプリの『ToDoList』とアナログの手帳を併用しています。

用意した紙に、今日したいことと、しなければならないことを書き出します。創作関係はもちろん、「××さんにメールを書く」「買い物に行く」といった仕事や家事も入れてOKです。ルールは、

①些細なことも文字にする。

「電池を替える」「本をしまう」など、あっという間に済んでしまう用事もリスト

に入れましょう。

②習慣化できていることは書かなくていい。

些細なことも書くとはいえ、「歯を磨く」「お風呂に入る」など、日ごろあなたが自動的にこなしていることは省いて結構です。ただし「忙しくて、ここしばらくシャワーも浴びられなかった。今日こそちゃんとお風呂に入るぞ！」ということなら、それはリストに入れてください。

③大きな作業は小分けする。

「プロットを作る」「報告書を出す」といった項目は、**複数の作業の集合体**です。「プロットを作る」と書いただけで一気呵成に仕上げられるコンディションならいいですが、「今日は時間がないから／面倒だから／思いつかないから明日に回そうかな……」などという考えがよぎるようなら、もっと小さな単位に分けましょう。「設定を書く」とか「参考資料を探す」、「フォームを作る」「最初の一行を書く」のようにしておけば、気持ちのハードルも下がりますし、「今日は時間があまりないけど、フォームだけは作っておこう」「一行だけは書いてみよう」というふうに、確実に前進することができます。

④長くかかる作業は日を分ける。

どうみても一日では終わらない項目や、途中で時間切れになった作業は翌日以降に回しましょう。たとえば「設定を書く」をやっている途中、時代設定を考えたところで時間切れになったのなら、「設定・主人公の設定を考える」のように、続きの項目を作って明日に回します。

⑤終わったものは、その都度二重線で消すかチェックをつける。

終わったからといって、**丸ごと削除しない**こと。済んだ後も、何をしたか履歴を残すことで、「今日はこれだけのことができた」と目に見える形で確認できますし、項目をひとつ消すたびに、達成感が味わえます。

実績を記録に残すという意味では、その日かぎりで捨ててしまうメモ用紙より、ノートのほうがお勧めです。ただ、それ用のノートを用意したり、持ち歩くのが面倒だったりする人は、メモ用紙や付箋アプリなどで、気軽に始めてみてください。

コツは、**行き詰まったら、何かひとつ、必ずできることを終わらせる**ことです。「今日も何もできなかった」を「今日はこれとこれができた」に変えることで、気分を上げていきましょう。

大事なのは、少しでも前に進むこと

書けなくてへこんでいる生徒さんの話を聞くと、**書ける人の作業効率やコンディションを、めちゃくちゃ高く見積もっている**ことがあります。

ベストセラー作家というと、毎日のようにガンガン書いているイメージを持っている方が多いと思います。あるいは、そこまで売れていなくても、コンスタントに本を出している作家なら、

【1日目】5ページ分進む⇩【2日目】5ページ分進む⇩【3日目】4ページ分進む⇩
【4日目】10ページ分進む

漠然と、こんなふうに考えていませんか？

でも実際は、プロの作家だって、

【1日目】5行しか進まない⇩【2日目】まったく進まない⇩【3日目】悩む⇩【4日目】無理やり2〜3行書いてみる⇩【5日目】前日までに書いた分を全部ボツにする

なんていうことはちょくちょくやっています。

ここで「どうして書けないんだ!」「やっぱり自分には才能がないのか?」などと負のスパイラルに落ち込むか、「とりあえず今は不調なんだな」と自覚するかで、次の展開はだいぶ違ってきます。目下、マイナスのスパイラルにはまっていらっしゃる方は、ぜひいい流れに乗ってください。

途中、不調な時期があっても、どうにか原稿を上げるときのイメージはこんな感じです。

【1日目】とりあえず書く⇩【2日目】気が乗らないので推敲だけする⇩【3日目】少しでも書く⇩【4日目】他の仕事が入ったりして書けない⇩【5日目】原稿再開。1行でも書く⇩【6日目】とにかく書く⇩【7日目】少しでも書く⇩【8日目】少しで

も書く

大事なのは、**少しでも前に進むこと。**納得のいくものを書くことはもちろん大事ですが、納得できないからとリセットばかりしていては、経験値を積むことができません。

どんなにがんばっても不調な時期はやってきますし、アウトプットするものすべてを完璧にすることはできません。でも、昨日書いたところから一文字でも先に進めることは可能です。

自分でコントロールできないことは早めに見切り、できることから手をつけていきましょう。

「自分にご褒美」の正しいやり方

はじめに申し上げておきますが、お話を書くのが好きで好きでたまらない、書いている時間がレジャーそのもの、という方は、この項目を読む必要はありません。

「前は書くのが楽しかったのに、今は何だか味気ない。義務みたいになっている」

「好きで始めたはずなのに、今はパソコンに向かうだけでどんよりする」
「本来書きたいものではないが、〆切があるため仕方なくやっている」

という方のための対策です。

やる気を出すため、あるいは何かを続けるために、**自分へのご褒美を用意する**というのは、皆さん、一度はやったことがあるのではないでしょうか。

「××できたら○○してもいい」

「3日間続いたら好きなお菓子を食べていい。7日間続いたら、気になっていた映画を観てもいい。2週間続いたら旅行に行く」……。

私もこうしたやり方を試していた時期がありましたが、正直言って、ほとんどうまくいきませんでした。

ご褒美を設定したとたん、そのご褒美が大して魅力的に見えなくなってきたり、ご褒美以外の方法で息抜きしてしまったりして、本来なら機能するはずの「鼻先に提げたニンジン効果」が得られなかったからです。

好きなことならいくらでも集中してできるけど、嫌なことをしているときは、とことん気が散って効率が落ちる。これはもう、我々人類に備わったスペックみたいなもので、どうしようもないんじゃなかろうか。

長年、そんなふうに思っていたのですが、あるとき、ふと気がついたのです。

嫌で嫌でしょうがないことも、ものすごい勢いで片づけてしまう瞬間があることに。

それは――……。

直後に外出を控えているとき

でした。

そういう日は、ほぼ例外なく、出かけるまでの限られた時間内で、最大の効率を発揮して仕事を片づけていたのです。

これに気づいてからというもの、私は、**たとえ仕事がたまっていても、出かける用事はキャンセルしない**ことにしました。

それまでは、友達と遊びに行く約束をしていても、〆切があれば断っていました。

そうやって捻出した時間で原稿を書いていたのですが、後からよくよく振り返ってみると、そのときの作業効率は、決して良くはありませんでした。

（本当は遊びたかったなあ）

と落ち込んでみたり、

（今頃、あの子たちはこんなことしてるんだろうな）

と空想してみたり、とにかく目の前の作業に身が入らない。ひどいときになると、せっかくの楽しみを断念してまで作った時間なのに、結局ほとんど仕事は進まず、こんなことなら遊んでおけばよかった、なんていうこともありました。

遊びたいときは、遊んでしまったほうがかえって効率が良くなることがあります。

遊びに行く前は、それこそ鼻先にニンジンがぶらさがっている状態ですから、嫌なこともしゃかりきになって片づけますし、仮に終わらなかったとしても、翌日は好きなことをした後ですから、「よし、やるか」とすっきりした状態でスタートできます。

「ただでさえ時間がなくて困っているのに、これ以上やることを増やすなんて」

と思われた方、とりあえず一度だけでも、自分がしたかったことを先にやってみてください。案外、時間のやりくりができて、したかったことも、しなければならないことも、どちらもできてしまうかもしれません。

「したかったことをする、っていうのは、やっぱり自分にご褒美をあげるってことじゃないんですか？」

そうですね。ただし、**ご褒美のあげ方が違います。**

ここ、かなり重要なので、間違えないようにしてください。

「××ができたら○○してもいい」式のやり方では、先に設定した××ができなければ、ご褒美は手に入りません。

そうではなく、

「○月○日の○時に家を出てどこそこへ行く／誰それに会う」

と、**ご褒美のスケジュールを先に決めてしまい、それは仕事が終わっていようがいまいが、必ず実行する**のです。

もうひとつ大切なのが、**ご褒美を出かける用事にする**ことです。「ゲームをする」「ＤＶＤを観る」など、家の中で完結してしまう行為だと、たとえスケジュールを組んでいても、ついずるずると過ごしてしまい、結局やらずじまいだった、ということになりやすいからです。

出かける用事の内容は楽しいに越したことはありませんが、たとえば「親戚の法事」

や「近所のスーパーに買い物に行く」など、必ずしも遊びの用でなくても、出る直前の集中力は上がります。

やるべきことは後回しにしても、結局やることになるのですから、まずは自分のやりたいことを優先していきましょう。

それは本当に「やりたいこと」？

前項では「やるべきこと」より「やりたいこと」を優先することをお勧めしました。ここで注意していただきたいのが**「やりたいこと」の見極め**です。

仕事が手につかないから、思うように進まないから、パソコンの前に座ったまま、ついSNSをダラダラ見てしまう。

――というのは単なる逃避であって、あなたが本当に「やりたいこと」ではないはずです。

もし、それが真実あなたの「やりたいこと」なら、たとえそのことに半日を費やしたとしても、

（ああ、今日も無駄な時間を過ごしてしまった）

とは、決して思わないはずですから。

物事がうまくいかず、**何らかのストレスがかかっているとき、私たちは、得てして目先の、簡単に手に入りやすい娯楽に逃げてしまいがち**です。

でも、どうせ気晴らしをするのなら、あなたが心から没頭できる、楽しめることを選びましょう。

次に書くことに行き詰まり、いつもの癖でＴｗｉｔｔｅｒやＦａｃｅｂｏｏｋを開きそうになったときは、ぜひ一度、ご自分に問いかけてみてください。

それは本当に、今、自分が心からやりたいことなのか？　と。

おわりに

ここまで、「お話のバリエーションを増やす」方法に、さまざまな角度から取り組んできました。

「書きたいのに、書けない」は、言い方を変えれば、自分が何を書きたいのか、どんなふうに書きたいのか、そういったことが「把握できていない」「どこから手をつけていいかわからない」状態です。

そんなとき、真っ白な画面やノートをいくらにらんでいても、アイディアはなかなか浮かんでこないもの。でも、そこに、あなたが書きたい「そのものズバリ」ではないにせよ、「似たような何か」があったなら――……。

「いや、ここは自分の好みじゃない」とか「この部分はもっとこうしたい」というふうに、次々と「したいこと」が浮かんでくるはずです。

本書に掲載した多くの「桃太郎」のバリエーションを見て、「自分ならもっとこうするのに」とか「この展開は何か違う」とひっかかったあなた。それが、あなたの「書きたいこと」のヒントです。まずは、ご自分が読んだときに、もっとも面白いと感じられるように、本書でご紹介したテクニックを駆使して、さまざまなアレンジを試してみてください。

最後になりましたが、本書の執筆にあたり、シリーズ全巻を通して編集を担当してくださっている森田久美子さん、毎回、素敵なカバーをデザインしてくださる仲島綾乃さん、そして本書を読んでくださいましたすべての読者の皆さまに、心よりお礼を申し上げます。

円山夢久　Maruyama Muku

作家。講師。２０１０年、『大人の文章塾・夢久庵』を設立。東急セミナーＢＥ青葉台校講師。

主な著書に『「物語」のつくり方入門　７つのレッスン』（小社刊）『リングテイル』シリーズ（電撃文庫）『見習いプリンセス　ポーリーン』シリーズ（国土社）『チア☆ダン「女子高生がチアダンスで全米制覇しちゃったホントの話」の真実』（KADOKAWA）など。

著者ホームページ　http://bunsho-juku.com

２０１８年９月29日　第一刷発行
２０２０年４月13日　第二刷発行

「物語」の魅せ方入門　９つのレシピ

著者●円山夢久　デザイン・イラスト●仲島綾乃　編集●森田久美子
印刷・製本●株式会社　光邦　発行者●安在美佐緒
発行所●雷鳥社　〒１６７-００４３　東京都杉並区上荻２-４-12
ＴＥＬ　０３-５３０３-９７６６　ＦＡＸ　０３-５３０３-９５６７
http://www.raichosha.co.jp/info@raichosha.co.jp
郵便振替　００１１０-９-９７０８６

ISBN 978-4-8441-3749-8
●定価はカバーに表示してあります。